나만의 라이프스타일을
꿈꾸는 분들에게

우린 한낮에도 프리랜서를 꿈꾸지

라이프스타일 에세이

우린 한낮에도
프리랜서를 꿈꾸지

지은이 박현아

세나북스

프리랜서로 사는 별 일 아닌 이야기

　에세이 비슷한 것을 써보고 싶다고 막연히 생각만 했는데 진짜 써보게 될 줄은 몰랐다. 어째서 에세이 비슷한 거냐고 묻는다면, 이 책을 에세이라고 말하기 어쩐지 머쓱하기 때문이다.

　나는 언제나 에세이라는 말을 거창하게 느껴왔다. 사대주의적인 생각일지도 모르지만 영어라서 그런가 싶기도 하다. 에세이라는 말을 쉽게 쓰기가 부담스럽다. 솔직히 그냥, 이 책을 잡담집이라고 하고 싶다. 분류는 에세이로 들어가겠지만 말이다.

에세이의 뜻을 새삼스레 포털 사이트의 국어사전에서 찾아보니, '일정한 형식을 따르지 않고 인생이나 자연 또는 일상생활에서의 느낌이나 체험을 생각나는 대로 쓴 산문 형식의 글'이라고 한다.

이 책은 위의 사전 뜻풀이 그대로의 책이다. 내가 프리랜서로 생활하면서 느낀 점이나 생각들을 가볍게 써보았다. 프리랜서로 사는 일상 이야기뿐만 아니라 30대 중반의 인생을 살면서 느꼈던 삶에 대한 나의 엉뚱한 생각도 담아보았다. 그러니 프리랜서가 아니신 분들께도 재미를 드릴 수 있길 바랄 뿐이다.

유명 작가도 아닌 나의 잡담을 과연 독자님들께서 재미있게 읽어 주실지 의문이지만, 그래도 최대한 페이지가 넘어가게 쓰려고 노력했다. 재미있고 없고는 개인차에 따른 부분도 있으니 내가 어찌한다고 해서 해결되진 않겠지만, 나를 전혀 모르는 독자님들도, 아는 독자님들도 부디 재미있게 읽어주셨으면 좋겠다. 늦은 오후, 좋아하는 음료와 함께 즐겁고 편하게 읽어주시길 바랄 뿐이다.

　이 잡담집이 나올 수 있게 해주신 세나북스 최수진 대표님께 감사의 마음을 전한다. 누가 뭐라 해도 책은 출판해주는 사람 덕분에 세상에 나올 수 있는 것이니, 이 인사는 독자님들께서도 이해해 주시리라 믿는다.

　구구절절한 원고를 쓰느라 수고한 나에게도 파이팅 인사를 보낸다. 마지막으로 독자님들께 한 마디 드리고 싶다. 이 책…… 귀엽게 봐주세요.

2021년 6월

박현아

2장 집콕 프리랜서로 사는 이야기

1장

번역하고 글 쓰는
이야기

번역가라며?

    일본어를 번역한다고 하면 일본어를 굉장히 잘 알 거라는 인식이 있어서 아주 가끔 주변 사람들에게 일본어를 해석해달라는 부탁을 받는다. 나는 친구들과 지인들을 매우 좋아하므로 반색하며 일본어를 읽어주는데, 가끔 당황스러운 경우도 있다.

    예를 들어 일본어를 읽어도 무슨 말인지 모르는 경우가 있다. 이것은 일본어를 몰라서 무슨 말인지 모르는 게 아니라 그 말 자체를 알 수 없는 경우다.

    참 공교롭게도 나는 일본어가 아닌 한국어에서 비슷한 상황을 맞닥트린 적이 있다.

때는 바야흐로 도쿄에서 워킹홀리데이를 하던 시절. 운이 좋게도 한국에서 게임회사에 다닌 이력 덕분에 일본의 IT 기업에서 아르바이트를 했다. 매우 자유로운 분위기의 회사라 찢어진 청바지를 입고 다니기도 하고 장발에 탈색을 한 사람들도 있었다.

그곳에서 일할 때 점심시간이 되면 동료들과 근처에 있는 한식당에서 밥을 먹곤 했다. 일부러 나를 배려해서 한식당으로 가는 것이 아니라, 예전부터 일본인 동료들은 그 식당을 종종 갔던 것 같았다.

그리고 그 한식당의 이름이 무엇이었냐, 그 한식당의 이름은 '아나바'였다. 간판에도, 가게 외벽 유리창에도 아나바라고 한글과 일본어(히라가나)로 쓰여 있었다. 다들 그곳의 이름이 아나바인 것을 알고 있었다. 아나바에서 식사하던 어느 날, 일본인 동료가 내게 물었다.

"한국어로 아나바는 무슨 뜻이야?"

한국어로 아나바가 무슨 뜻이냐니. 아나바는 아나바였다. 한국인으로 25년 넘게 살았지만 한국어에 아나바라는 단어가 있는지 생각나지 않았다. 그래서 내가 말했다.

"아나바는…… 아나바야……."

그러자 일본인 동료들이 고개를 갸우뚱거리며 "한국어로 뜻이 없어?"라고 말했다. 지금도 그렇지만 그 당시에도 일본어 회화를 엄청나게 잘하진 못했기에 뭐라고 설명해야 할지 몰랐다. 하지만 설명한들, 아나바는 아나바였다.

"일본어로 아나바(あなば, 穴場)는 '아는 사람만 아는 단골집' 같은 의미잖아, 그걸 그냥 한국어로 써놓은 거 아닐까?"라는 이야기를 다른 동료가 한 거 같기도 하다. 사실 그 이야기가 정답이었을 것이다. 하지만 한식당인데다가 한글로 아나바라고 적혀있어서 분명 한국어일 거라고 그들은 생각했을 테지.

어쨌든 이런 상황은 한국에서도 아주 가끔 벌어진다. 일본어를 읽어달라고 해서 읽어주면, '무슨 뜻이야?'라고 묻는다. 그러면 말문이 막힌다. 대개 상품 이름 같은 고유명사가 그렇다. 그렇게 설명을 잘하지 못하고 우물쭈물하고 있으면 일본어를 못하는 거라고 오해를 사게 되는데, 그게 또 은근히 주눅이 든다. 하지만 뭐라고 딱히 설명할 길이 없어서 답답할 뿐이다.

그러니 여기서 외치고 싶다. 혹시 외국어를 잘하는 주변 사람들이 설명을 잘하지 못해도 오해하지 말고 이해해주길 바란다. 어쨌든 그 사람은 나름 도움을 주려고 한 거니까 말이다. 어쩌면 당신이 "포카칩이 무슨 뜻이야?"라는 질문을 한 것일지도 모른다. 설명을 못하는 건, 그 나름대로 사정이 있기 때문일지도 모른다.

허니버터 아몬드에 관한 추억

허니버터 아몬드에 대해서 들어보았는가?

지금은 그 맛을 알지만, 나는 얼마 전까지 허니버터 아몬드를 먹어보지 못했다. 예전에 뉴스에서 K 아몬드가 전 세계적으로 유행을 끌고 있다는 기사를 읽었는데, 만수르도 먹는다는 K 아몬드를 정작 한국에 살면서도 꽤 늦게까지 먹어보지 못한 것이다. 찾아보니 아몬드의 종류가 참 다양한데, 예전부터 존재하던 허니버터 아몬드를 비롯해 와사비맛 아몬드, 민트 초코 아몬드 등 정말 다양한 종류의 K 아몬드들이 절찬리에 판매되고 있더라.

나는 허니버터 아몬드에 대한 작은 에피소드를 간직하고 있다. 엄청 웃긴 에피소드는 아니지만 이 자리에서 소소하게 이야기해보고 싶다.

지금도 여전하지만 반백수로 살던 20대 후반의 어느 날, 일감을 찾기 위해 하이에나처럼 인터넷 세계를 어슬렁거리던 나는 해외의 어느 프리랜서 관련 사이트에 들어갔다. 클라이언트가 일감을 올리면 프리랜서가 제안을 넣어 일하는 사이트였는데, 전 세계의 여러 프리랜서들과 업체들이 있는 사이트라 모든 내용이 영어였으며 커뮤니케이션도 영어로 해야 했다.

나는 혹시나 이곳에도 일본어 번역일이 있을지도 모른다는 생각에 회원가입을 한 뒤, 번역일 외에도 내가 할 수 있는 일이 있는지 사이트를 둘러보고 있었다. 그러던 중, 메시지 하나가 왔다.

"혹시 제 부탁을 들어줄 수 있나요? 저는 한국어 번역이 필요합니다."

영어로 된 메시지를 보자 나는 약간 긴장하면서 답변

을 보냈다.

"네, 어떤 부탁인가요?"

그러자 그가 말했다.

"혹시 허니버터 아몬드를 아시나요……?"

아몬드? 그것도 허니버터 아몬드?

허니버터칩의 광풍적인 인기가 사그라든 지 얼마 안 되었던 때라 허니버터 아몬드가 있다는 것은 알고 있었지만 관심을 가진 적이 없으며 먹어보지도 못했기에 익숙하지 않은 존재였다. 평소에 견과류에 관심이 없었기에 더더욱 그랬을 것이다. 내가 말했다.

"들어본 적은 있지만 잘 몰라요."

"오 마이 갓, 허니버터 아몬드를 모른다니!"

"허니버터 아몬드가 왜요?"

"작년에 한국 여행을 갔을 때, 허니버터 아몬드를 처음 먹어봤어요. 너무 맛있어서 그 맛이 지금도 잊히질 않아요."

"네, 그랬군요."

"그래서 저는 우리나라에 허니버터 아몬드를 들여오고 싶어요."

"?!"

"혹시 저 대신에 한국의 허니버터 아몬드 회사에 연락을 넣어줄 수 있나요? 그리고 저의 메시지를 한국어로 전해줬으면 좋겠어요."

그는 직접 허니버터 아몬드를 자신의 나라로 수입해서 사업을 하고 싶다고 말했다. 얼마나 맛있었으면 직접 수입해서 사업을 할 생각을 다했을까. 뜻밖의 말에 무척 당황했으나 그는 이어서 "메시지를 보내줄 수 있나요?"라고 말했고, 마침 특별히 할 일도 없었던 나는 그의 부탁을 수락하고 말았다. 일본어와는 전혀 상관이 없는 일이었지만, 과자 회사에 그의 메시지를 전해주기만 하면 될 뿐이었으니 별 어려움은 없다고 생각했다.

내가 OK를 외치자 그는 내게 허니버터 아몬드를 만드는 회사가 어딘지부터 물어보았다. 중고 거래 장터에서 프리미엄이 붙어 거래되던 허니버터칩의 인기가 머릿속에 각인되어 있었기에 나는 당연히 허니버터칩의 제조사가 허니버터에 대한 특허권이나 독점권 비슷한 무언가를 갖고 있으리라 혼자 막연히 생각했다.

그렇다면 허니버터 아몬드도 허니버터칩을 만든 회사에서 만들었겠지⋯⋯? 그렇게 첫 단추부터 잘못 끼운 나는 일단 인터넷에서 허니버터칩부터 검색했다.

허니버터칩의 제조사는 ○○제과였다. 나는 그에게 ○○제과가 허니버터 아몬드의 제조업체라고 알려주었다. 그는,

"저는 어느 나라에 사는 누구입니다. 허니버터 아몬드를 먹어보고 무척 감명을 받아 수입하고 싶습니다. 방법을 알려주시겠습니까? 저의 연락처와 이메일은 다음과 같습니다. (이하 생략)"

라는 짧은 메시지를 내게 보내주었다. 이 내용을 한국어로 번역해 ○○제과에 문의해달라고 했다. 뛰어나지 않은 영어 실력으로 어렵사리 그 메시지를 읽고 내용과 사연을 적어 ○○제과 홈페이지에 문의를 남겼다.

이 사람은 어느 나라의 누구인데, 허니버터 아몬드를 무척 맛있게 먹었다고 한다, 그래서 자국에 수입하고 싶다고 한다, 이 연락처로 연락을 줬으면 좋겠다……

짧은 문의를 남기고 그에게 보고했다. 이제 우리가 할 수 있는 일은 ○○제과의 답변을 기다리는 일뿐이었다.

그리고 서너 시간 뒤, 모든 것이 빠르고 부지런한 한국답게 홈페이지에서 상담원의 답변을 확인할 수 있었다. 나는 두근거리는 마음으로 답변을 확인했다.

홈페이지에 들어가면서 혹시 이 일이 이어지면 나한테 계속 커뮤니케이션을 부탁하는 거 아닐까, 근데 나 영어 잘 못 하는데……. 그럴 경우에 단가 산정은 어떻게 해야 하나, 혹시 귀찮은 일에 휘말리게 되는 거 아닐까 등의 별별 생각을 다 했다. 그렇게 호기심 반 걱정 반을 안고 게시글의 답변을 확인했는데……

〈문의를 주셔서 감사합니다. 죄송합니다만 허니버터 아몬드는 저희 회사 제품이 아닙니다.〉

라는 답변이 달려있었다. 이럴 수가, 허니버터 아몬드가 ○○제과의 제품이 아니라니?! 나는 의뢰인에게 이 내용을 전달했다.

"허니버터 아몬드는 ○○제과의 제품이 아니래요!"

"뭐라고요? 그렇다면 어느 회사 제품인 거죠?"

나는 다시 허니버터 아몬드를 포털 사이트에 검색했다. 허니버터 아몬드가 ○○제과의 제품이 아니라면, 도대체 어느 회사 제품인 걸까?

검색해보니 길○○○이라는 회사가 나왔다. 생각해보면 허니버터 아몬드가 ○○제과의 제품이라는 생각은 나 혼자만의 추측에 불과했다. 그런데도 어쩜 그렇게 확신을 하고 ○○제과에 문의까지 했을까.

이후, 길○○○ 회사의 홈페이지에 접속하는 것까지는 성공했지만 전화 이외의 고객 문의처를 찾을 수 없어 포기했던 기억이 난다. 물론 2021년 현재 기준으로 길○○○의 홈페이지에는 이메일로 고객 문의를 보낼 수 있는 페이지가 어엿하게 존재한다. 하지만 그 당시에는 이메일 고객 문의처를 찾을 수 없었고, 어쩐지 이 의뢰인의 회사 소속도 아닌 내가, 길○○○ 전화번호로 문의하기엔 허들이 굉장히 높아 보였다. 전화로 문의한다고 쳐도 소속이 어디냐고 물어보면 뭐라고 답해야 하며, 그냥 프리랜서 사이트에서 채팅으로 연락을 받아 대신 문의를 해준다는 이 상황을 저쪽에서 어떻게 받아들일지 알 수 없었다.

그래서 나는 그에게 이렇게 메시지를 보냈다.

"죄송해요, 문의를 할 수 없을 거 같아요. 저는 일개 개인이기 때문에 접근하기 어렵네요."

"그렇군요……. 알겠습니다. 고마워요."

그의 메시지에서 아쉬움이 묻어나왔다. 그렇게 그 안건은 마무리되었다. 겨우 몇 시간 동안 같은 목표를 향했을 뿐인데 왠지 내 일인 것처럼 웃기게도 나까지 아쉬움을 느꼈다.

이러한 나의 미션 실패에도 불구하고 지금의 허니버터 아몬드는 전 세계적인 인기를 끌고 있다고 하니 참 다행이다. 역시 내가 나서지 않아도 허니버터 아몬드는 전 세계적으로 유명해질 운명이었던 것이다.

그 일 이후, 지난 몇 년 동안 허니버터 아몬드를 볼 때마다 '아 그때 그 사람! 얼마나 맛있었으면 직접 수입을 하겠다고 한 걸까, 정말 그렇게 맛있나?'라고 생각했다. 그런데도 한 번도 먹어보지 않은 게 희한할 정도다. 건과류에 딱히 관심이 없는 것은 그때나 지금이나 마찬가지인가 보다.

그리고 며칠 전, 남편에게 이야기를 꺼냈다.

"있잖아, 내가 허니버터 아몬드에 대한 이야기를 쓰고 있는데 (어쩌고저쩌고……) 이런 일이 있었어."

남편은 내 이야기를 듣더니, "그거 진짜 맛있어! 왜 한 번도 안 먹어봤어?"라고 말했고, '그럼 한번 먹어볼까'라는 생각에 같이 동네를 산책하다가 편의점에서 허니버터 아몬드를 구매했다. 드디어!!

집에 와서 허니버터 아몬드의 포장지를 바라보며 몇 년 전의 에피소드를 떠올렸다. 허니버터 칩과 포장지

색깔이 비슷했다. 이러니까 오해할만하다고 누가 묻지도 않았는데 스스로를 변호했다. 포장지를 만지작거리다가 몇 년 동안 궁금해했던 허니버터 아몬드를 먹었다. 남편이 "어때? 맛있지?"라고 물었다.

허니버터 아몬드는 맛있었다. 정말 허니버터 맛이었다. 허니버터칩을 먹어본 지도 오래됐지만, 허니버터칩을 먹었을 때의 그 맛이 저절로 연상될 정도로 정말 허니버터했다(오타가 아니다). 허니버터 아몬드를 오독오독 씹어먹으며, 그 외국인이 허니버터 아몬드를 수입하고 싶어 한 마음을 조금이나마 이해할 수 있었다.

아마도 지금은 그 나라에도 허니버터 아몬드가 수출됐겠지? 다행이다. 부디 지금은 그 외국인이 자국에서 허니버터 아몬드를 실컷 맛보고 있기를 진심으로 바란다.

내가 여행가는 건 어떻게 알고

프리랜서라고 하면 업무 시간을 융통성 있게 조절해서 남는 시간에 여행도 가고 취미 생활도 하는 삶을 떠올리는 사람이 있을지 모른다. 프리랜서도 근무 형태가 다양해서 그렇다, 아니다라고 딱 잘라 대답을 할 수는 없지만, 일단 내 직군인 번역 프리랜서는 일하고 남는 시간에 여행을 가는 일이 불가능하진 않다. 오히려 제대로 해낼 자신만 있다면 몇 개월 동안 여행할 수도 있다.

다만, 그 여행이 좀 빠듯하고 무척 힘들 거라는 건 굳이 언급해 초를 치지 않겠다. 실제로 나는 교토에서 한 달 살기를 하며 번역일을 했는데, 무척 힘들긴 했지만 불가능한 일은 아니었다. 체력이 뒷받침되어줬다면 훨씬 수월했을 것이다.

어쨌든 나도 프리랜서가 된 이후에 남들이 잘 가지 않는 일정으로 가끔 여행을 떠나곤 했다. 평일 오전의 비행기표를 끊기도 하고 화요일부터 금요일까지 일본에 다녀오기도 했다. 그립구나, 코로나 이전의 시절. 하지만 그때마다 참 아이러니하게도 내가 여행가는 건 어떻게 알고 일이 몰렸다.

산업 번역에서는 중장기 프로젝트가 아닌 이상, 한 건당 보통 1, 2주일 전후로 번역 일정이 마무리 된다. 그래서 여행을 계획하는 당시만 해도 "다음 주에는 번역 스케줄이 잡힌 게 없으니 화요일부터 목요일까지 다녀오면 되겠군"하고 생각한다. 당장 잡힌 프로젝트 이외의 업무 스케줄은 예상이 불가하다. 정말 아무도 모른다. 다음주에 일이 들어와서 바쁠지, 일이 없어서 집에서 널브러져 있을지 알 수가 없다.

그러니 장기 프로젝트가 없는 한, 미래의 스케줄을 예측하면서 프리랜서가 여행 계획을 짜는 건 어쩌면 불가능할지도 모른다.

그러니 당장 친구들이 "다음다음 주 수요일에 무슨 스케줄 있어? 나랑 맥주 마실래?"라고 물어봐도, 다음다음 주에 일이 들어와서 바쁠지 아니면 한가할지 알 수 없어서 거의 OK라고 대답할 수밖에 없다.

만약, "당장은 예정된 일이 없지만 다음다음 주 수요일에 어쩌면 프로젝트가 들어올지도 모르니까 집에 있어야겠어!"라는 태도를 취하면 어떠한 여행도 모임도 할 수 없을 것이며 친구들에게 팽 당할 수도 있지 않을까.

내가 생각해도 '다음다음 주에 일이 들어올지도 모르니까 안 되겠어!'라고 말하는 친구는 별로다. 그리고 막상 다음다음 주가 돼서 진짜로 번역일이 들어올 경우, 친구랑 저녁에 맥주 마시는 약속을 지키기 위해 낮에 열심히 일하면 문제는 쉽게 해결된다.

아무튼 이러한 까닭에 여행 계획을 잡을 때는 업무 스케줄을 고려하지 못한다. 그래서 일이 없다는 가정하에 계획을 짠다. 이상하게도 여행 계획을 세우려 할 때는 유달리 한가롭단 말이지. '이렇게 한가하다면 여행이라도 갈까'라는 기분으로 여행 계획을 세운다. 숙소를 예약하고 교통편을 알아본다. 여행 날짜가 점점 다가오고 드디어 여행을 며칠 앞두게 되면, 희한하게 그때부터 의뢰 연락이 오기 시작한다.

이러한 상황을 몇 년간 반복하면서, 이것은 프리랜서의 딜레마가 아닐까 생각했다. 여행 출발 며칠 전까지도 일 의뢰가 오지 않아, '그래, 이번 여행은 성공이야. 여행지에서도 일 걱정 없이 놀 수 있겠지?'라고 희망을 품는다고 해도 희한하게 여행을 시작하면 일 의뢰가 온다. 도쿄로 출국하는 비행기 안에서 안내 방송을 듣기 전에 이메일을 잽싸게 확인하는 건 물론이고, 착륙한 뒤 캐리어를 기다리면서 업무 전화를 받은 적도 있다. 마카오 타워 옥상에서 메일을 급하게 확인한 적도 있으며 교토 니조성 기념품 가게에서는 프로젝트 매니저가 '지금 당장! 이걸 해줘!'라고 메일을 보내오는 바람에 노트북을 펼친 적도 있다. 부산에 내려갈 때, 명절 때도 어김없이 업무 연락이 온다.

이에 대해 지인들과 대화를 나눈 적이 있는데, '아무래도 원래 있던 곳을 벗어나 다른 곳에 가면 바깥에서 행운이 들어와 일이 오는 게 아닐까'라는 이야기가 나왔다. 어쩌면 그럴지도 모른다. 집안에서만 정체되어있던 기운이 밖으로 나돌아다니면서 활기를 얻어 일감을 이리저리 물고 오는 걸지도 모른다는 상상을 해본다. 집에서는 편하게 늘어져 있던 운들이 밖으로 나와 신나게 움직이는 것이다. 물론 나 혼자만의 가설일 뿐이지만 상상해보니 조금 귀엽다.

물론, 프리랜서가 된 이후에 모든 것을 내려놓고 마음 편히 여행을 떠나본 적도 있다. 신혼여행을 갔을 때다. 신혼여행을 가기 2주 전에 모든 거래처에 메일을 보내 사정을 말한 뒤 양해를 구했다. 그러자 거래처들은 모두 나를 축하해주며 편하게 잘 다녀오라고 말해주었다.

여행을 간다고 자리를 비우면 그사이에 내가 맡던 일이 다른 사람에게 넘어가진 않을까, 일이 끊기는 거 아닐까 하는 걱정을 하지 않은 건 아니다. 머리로는 모두 그렇게 의리가 없을 리 없다고 생각했지만 불안했다. 하지만 다른 일도 아닌 신혼여행이기에 과감하게 거래처에 메일을 냈고, 의외로 아무 걱정 없이 자유롭게 신혼여행을 다녀왔다. 물론, 일도 끊기지 않았다.

이렇게 여행을 가면 일이 들어오는 딜레마 때문에 종종 '일이 없을 때는 여행을 가야겠다'라는 농담도 한다. 사실 여행을 하면서도 일 생각이 마음 한편에 남아있는 건, 프리랜서 아닌 회사원들도 마찬가지가 아닐까? 퇴근한 뒤에도 직장에서 오는 연락 때문에 스트레스를 받는 사람들이 얼마나 많은가. 일에서 100% 자유로워질 수는 없지만, 여행을 다니면 일상에서 벗어날 수 있고 부족했던 에너지를 조금씩 채울 수 있으니 가끔은 운들이 기지개를 켤 기회를 만들어 주는 것도 좋을 거 같다.

책 쓰는 일

30대 중반. 어쩌다가 책을 몇 권 쓰고 말았다.

책을 처음 쓴 건 20대의 마지막과 30대를 맞이했을 무렵이었다. 지금도 그렇지만 당시에도 책에 인생 이야기를 실을 만큼 나는 특별한 사람이 아니다. 힘든 어린 시절을 보내지도 않았고, 취업으로 고생한 사람도 아니었으며, 인생을 자서전으로 쓰려면 몇 권이 나올 정도로 이야깃거리가 될 만한 삶을 산 사람이 아닌 것이다.

하지만 특별한 사람들만이 책을 써야 한다는 법칙은 이 세상에 없으며, 오히려 특별한 사연을 가진 사람들에게만 책을 쓸 수 있는 자격이 주어진다면 평범한 사람들의 손으로 쓰인 세상의 수많은 명저는 탄생하지 않았을 것이다.

어쨌든 번역일을 그럭저럭하며 지내던 나는, 다음 스텝으로 '작가가 되자'는 목표를 세웠다.

그런데 작가는 어떻게 되는 거지? 세상에는 조각 작품을 만드는 예술 작가, 웹툰을 그리는 작가와 같이 여러 분야의 작가가 있지만, 당시 내가 생각한 작가는 책을 쓰는 사람이기에 책을 쓸 방법을 생각해보았다.

생각만으로는 아무것도 이룰 수 없으니 인터넷 검색을 하기에 이르렀고, 마침 포털 사이트를 검색해보니 책을 함께 쓸 공저 작가를 구한다는 세나북스의 블로그 포스팅이 눈에 들어왔다. 작가가 되고 싶다고 생각한 바로 그 순간에 마침 세나북스에서 작가를 구하다니, 참 절묘한 타이밍이었다.

세나북스의 포스팅에 바로 이거다! 라는 생각에 적극적으로 작가로 지원한다는 댓글을 달았다. 내가 책을 쓸 수 있는 능력이 있는지, 내 글쓰기 실력이 어떤지, 내가 정말 책을 쓰고 싶어 하는지에 관한 깊은 고뇌와 번민들은 잠시 제쳐두고 눈앞에 있는 기회를 일단 낚아채 본 것이다. 물론, 혹시 이 출판사가 사기꾼은 아닌지, 저자에게 돈을 부담시키진 않는지 등은 살펴볼 만했다.

하지만 서점 사이트에서 세나북스의 과거 출간 도서들을 찾아보고 인터넷 검색을 해도 이 출판사가 믿을만한 출판사인지 아닌지 판단할 수 있는 내용은 그다지 검색되지 않았다.

그렇게 고민하는 동안, 내가 공저 작가로 합류해도 좋다는 출판사의 허락이 떨어졌다. 그래, 하다가 이상해 보이면 발을 빼면 되지 뭐, 라는 가벼운 마음으로 프로젝트에 참가하기로 결정했다. 사실 나 혼자가 아닌 10명 정도의 다른 분들과 함께하는 책이었기에 '혹여나 이상한 출판사라고 해도 인원수가 많으니 어떻게든 되지 않을까'라고 안심했던 점도 있다.

그렇게 세나북스와 인연을 맺은 후 책을 쓰기 시작했고, 지금까지 몇 년째 책을 쓰고 있다.

책 쓰는 게 쉽다거나, 책이 술술 써져서 이렇게 책을 계속 쓰고 있는 건 절대 아니다. 오히려 책 쓰기는 무척 힘들고 고단한 일이며 책으로 쓸 정도로 많은 이야깃거리를 갖고 있지도 않다. 그래서 책을 한 권 한 권 쓸 때마다 '다시는 책을 쓰지 않겠다'라고 굳게 결심하고, 주변 사람들에게 내가 또 책을 쓰거든 말려달라며 신신당부를 한다.

　그러나 나는 망각의 동물인 인간이고, 그렇게 지금도 책을 쓰면서 후회와 망각의 뫼비우스 띠를 맴돌고 있다. 간혹 책 쓰기와 번역 중에 어떤 게 더 힘든 일인지 질문을 받곤 하는데, 당연히 둘 다 힘든 일이다. 하지만 굳이 무엇이 더 힘든지 지극히 주관적인 의견을 묻는다면 책 쓰기를 꼽고 싶다.

　내가 번역보다 책 쓰기를 더 어렵게 느끼는 이유는 아주 간단하다. 번역은 힘들고 어려워도 몇 년 동안 계속해왔기 때문에 익숙하며, 무엇보다도 처음과 끝이 명확한 일이기에 더 수월하게 느낀다. 번역일이 계속 들어

온다고 해도 프로젝트 한 건마다 처음부터 분량과 기간이 정해져 있으니 '이 일은 이때부터 저때까지 시간을 이만큼 할애하면 되겠구나'라고 예측할 수 있다.

책을 번역할 때도 마찬가지다. 내가 쓴 책이 아니며, 일이 들어올 때부터 책의 처음과 끝이 모두 정해져 있다. 따라서 충분한 마음의 준비와 계획을 세우고 시작할 수 있다. 클라이언트와 번역회사와 번역가와 리뷰어 등의 복합 요소가 얽혀있기에 번역 작업의 스케줄이 어긋나는 경우도 많지 않다. 그러니 번역하는 과정이 괴롭고 고될지라도 그 끝을 향해서 최선을 다해 달려 나갈 수 있다. 어떻게 하면 끝이 날지, 언제쯤 이 스케줄에서 벗어날지, 분량이 얼마나 남았는지 명확히 보이니까.

하지만 책 쓰기는 시작과 끝이 정해져 있지 않다. 시작도 내가 정해야 하고 끝도 내가 정해야 한다. 그야말로 자기 자신과의 싸움이다.

이러한 책 쓰기의 난이도를 조금이라도 느껴보고 싶다면 워드 프로그램을 실행해보면 된다. 흰 화면에 커서만 깜빡이는, 끝없이 하얀 백지를 나만의 이야기로 가득 채워야 한다니, 말도 안 되는 일이다. 글쓰기 실력이 좋고 나쁘고를 떠나, 최소 6만 자에 달하는 글을 진득하니 앉아 채워 넣을 수 있을지 의문이 든다.

부담도 크다. 책을 쓸 때는 본문과 표지를 예쁘게 디자인하고 인쇄해서 종이책으로 찍어내 주는 출판사라는 존재가 있다. 당연한 이야기겠지만 책 출간에 대한 모든 비용은 출판사가 부담한다. 매우 감사하게도 내 이야기를 마음에 들어 하며 출간해주겠다고는 하는데, 만약 내 이야기가 재미가 없어서 책이 안 팔린다면 출판사에 손해를 입힌다.

물론 내 글을 선택한 출판사의 책임도 있다고 말할지 모르지만 그건 결코 작가가 먼저 할 말은 아니니 부담을 줄이기 위해 혼자 읊조리는 최후의 주문 정도로만 생각하자. 이렇게 내 원고를 믿고 돈을 투자해줬는데 책이 안 팔려서 출판사에 피해를 줄까 봐 두려운 생각이 들고 만다.

그리고 정말 부담스러운 것은, 내 이야기가 종이로 인쇄되고 그 책이 전국의 서점으로 뿔뿔이 흩어져서 불특정 다수의 많은 사람이 돈을 주고 사서 읽는다는 점이다. 생각해보면 엄청난 일이다. 물론 내 책을 가볍게 읽고 치워버리는 사람들도 많을 것이다. 나는 베스트셀러 작가도 아니고 깊이 있는 글을 쓰는 작가도 아니니까.

하지만, 간혹 내 글이 누군가에게 영향을 미친다고 생각하니 두려운 건 사실이다. 나는 예수님, 부처님, 소크라테스가 아니기에 스스로를 감당하며 내 인생을 살아가기에도 벅차다. 하지만 내 글이 누군가의 인생에 영향을 미칠 가능성이 0.01%라도 있으며, 그로 인해 그 사람의 인생이 전혀 알 수 없는 방향으로 변할 수도 있다는 사실을 생각하기 시작하면 감히 책 쓰기가 두려워진다.

그러니 책 쓰기가 얼마나 어려운 일인지. 이 모든 부담을 어깨 위에 올리고 키보드를 치는 것은 여간 힘든 일이 아니다. 말 그대로 부담스럽다. 나 같은 무명작가도 이럴진대 베스트셀러 작가들은 어떨까 싶다. 그들은 모두 대단한 사람이다. 존경스럽다. 베스트셀러 작가나 유명인들이 대단한 이유는, 뛰어난 문장과 이름이 알려질 만한 유의미한 활동을 했기 때문이기도 하지만 이러한 부담을 감당하며 살아가는 것도 한몫할지 모른다는 생각이 든다.

하지만 한편으로는 이런 생각도 든다. 내 책이 몇만 명이 읽는 베스트셀러가 될 확률은 생각보다 희박하다. 그리고 독자들도 무분별하게 책을 읽진 않을 것이다. 책을 읽으며 자신이 취할 내용은 취하고, 받아들이고 싶지 않은 내용은 잊어버릴 것이다. 게다가 앞서 이야기했듯, 강심장인 데다가 위인인 사람들만 책을 내는 것도 아니다.

그래서 나는 그냥 눈을 질끈 감는다. 책을 쓸 때는 내 어깨 위에 올라와 있는 수많은 부담을 무시하려고 노력한다. 나는 대단한 사람이 아니며, 이 책은 베스트셀러가 아닐 것이다…… 라는 이상한 위로를 스스로에게 한다. 물론 이렇게 책 쓰기의 부담을 무시하려고 노력해도, 편집과 수정을 거치다 보면 어느샌가 다시 스멀스멀 '책 쓰는 건 부담스럽다'라고 느낀다.

그러나 다행히도(?) 시간은 흐른다. 편집과 수정까지한 뒤에는 이런 부담을 느껴봤자 소용이 없는 일이다.

출간 직전, 최종 수정 단계쯤에는 이미 이 원고가 나만의 것이라고 주장하기 어려울 지경으로 출판사가 개입해버리며, '출판사에 폐를 끼치고 싶지 않다'라는 생각이 '책 쓰기의 부담'보다 더 강해지기 때문에 "저기…… 아무래도 책 쓰는 건 너무 제게 부담스러운 일이라 도저히 못 내겠어요. 그냥 모든 것을 엎어버리고 싶습니다."라고 말하기 어려워지는 것이다.

이 시점에는 '도저히 인제 와서 취소하자고 할 수 없다'라는 생각과 '그래도 몇 달 동안 열심히 했으니 인제 와서 취소하긴 아깝다'라는 생각으로 버티다 보면 책이 인쇄소에 들어갔다는 연락을 받게 된다.

웃기게도, 그렇게 인쇄소에 들어갔다는 연락을 받고

나면 그때부터는 가슴이 설레기 시작한다. 이번에는 사람들이 내 글을 읽고 어떻게 반응할지, 재미있다고 할지, 재미없다고 할지 궁금해진다.

정신 건강을 위해서는 사람들이 내 글을 어떻게 읽는지 깊이 관심을 가지지 않는 편이 훨씬 더 나을 테지만, 궁금함이 앞선다. 그래서 책이 나오고 나면 하나하나 리뷰를 찾아 읽는다.

사람들은 자신이 쓴 리뷰를 설마 작가가 직접 찾아 읽을 거라고 생각하지 않으면서 서점 사이트나 블로그에 리뷰를 작성하는 듯한데, 나는 많은 작가가 자신이 쓴 책의 리뷰를 찾아 읽을 거라는 데 한 표를 던진다.

특히 서점 사이트에 있는 리뷰는 도서 순위나 등록 상태를 간혹 확인하고 싶을 때 어쩔 수 없이 눈에 들어와 읽게 된다. 이때부터는 마음을 많이 내려놓을 수밖에 없다.

책은 이미 내 손을 떠났고, 이 책을 읽은 분들이 어떤 것을 느꼈는지는 온전히 독자님들의 몫이다⋯⋯ 라고 머릿속으로는 쿨한 척 생각해보지만, 악평이 눈에 들어오면 하루 종일 마음이 복잡해진다. 이렇게 대담하지 못한 주제에 책을 내다니, 나도 참 앞뒤가 안 맞는 사람이다.

이런 과정을 거치며 책이 나오고, 서평단의 리뷰를 읽고, 서평단이 아닌 분들의 리뷰도 꼼꼼히 읽다 보면 시간은 몇 달이 지나있다. 참 빠르기도 하다.

시간은 모든 일에 명약이 맞는 건지, 그렇게 시간이 지나면 나도 진짜 마음을 많이 내려놓게 된다. 검색도 덜하게 되며, 그 책을 '내가 쓴 책'이 아닌 정말 서점에 진열된 다른 책들과 다를 바 없는 책으로 조금씩 받아들이게 된다. 과거에 내가 어떻게 이 책을 썼는지 작가로서의 주관적인 경험이 점점 잊히기 때문에 조금이나마 객관적으로 그 책을 볼 수 있는 시선이 생기는 게 아닐까 싶다. 나는 이런 식으로 3년 전에 쓴 책을 볼 때마다 '내가 이렇게 긴 글을 썼다니! 믿을 수 없다!'라고 느끼고 있다.

물론 위에서 나열한 이 일련의 시퀀스는 책을 대략 네 권밖에 내보지 않은 내 개인적인 경험에 한정된다. 다른 작가님들도 이런 흐름을 경험하시는지는 알 수 없지만, 나는 이런 흐름을 지난 1년 동안 한차례 겪고 나서 이렇게 또 책을 쓰고 있다. 역시 흐름의 마지막은 새 책 쓰기로 마무리된다. 새 책을 쓰면서 과거의 책은 이제 적당히 되돌아보고 현재 쓰는 책에 집중할 수 있다.

그러니 이번에도 나는 이 책에 집중하며 미래의 나에게로 가보려 한다. 이왕에 찾아올 미래라면, 책이 나온 뒤의 설렘을 다시 한번 느낄 수 있는 미래도 나쁘지 않다.

게다가 책이 나오면 주변 사람들이 축하 인사를 건네주어 내 인생에 작은 축제가 열리는데, 아직은 그 축제에 질리지 않았다. 책 쓰기의 어려움과 고난을 잊게 되는 건 이런 축제와 설렘 덕분일 것이다.

그 설렘과 축제를 위해 이 책을 잘 마무리하자며 오늘도 나를 달래본다. 열심히 쓰자. 열심히 일한 자에게는 설렘과 축제가 기다리고 있을지니.

　짧지만 확실한 그 달콤한 축제를 위해 오늘도 열심히 키보드를 때려본다.

즐거움과 애환의 블로그 포스팅

유튜브의 시대가 도래하고 블로그가 점점 사라지고 있다는 이야기가 숱하게 들린다. 요새 아이들은 검색을 네이버나 다음이 아닌 유튜브에서 한다지?

이런 얘기를 들은 지도 얼마 안 됐는데, 흐름이 워낙 빨라 얼마 전에는 유튜브에서 틱톡으로 넘어갔다는 소리도 들었다. 이렇게 따라잡을 수 없이 빠르게 변하는 세상 이야기를 듣고 있으면 나 혼자 뒤처졌다며 기운이 빠질 만도 한데, 그 속도가 너무 엄청나서 따라잡을 엄두조차 나지 않으니 별생각이 안 드는 게 다행인지 아닌지.

어쨌든 난 아직도 블로그를 하고 있다. 새로운 것에 호기심이 많아 유튜브를 기웃거려보기도 하고, 틱톡을 깔아 이것저것 보긴 했으나 아직은 스스로 콘텐츠를 만들 정도로 부지런하진 않다.

영상 편집 같은 건 그럭저럭 할 수 있겠는데, 영상을 제작하기 위해 행동을 할 때마다 카메라를 세팅해야 하는 게 좀처럼 익숙해지지 않는다. 이것이 내가 아직도 블로그를 하는 이유 중 하나이기도 하다. 일단 글을 다루는 사람이기도 하니, 글로 콘텐츠를 만드는 블로그가 내 직업하고도 잘 어울린다는 생각도 핑곗거리로 삼는다.

생각해보면 프리랜서로 살면서 블로그 덕분에 여러 도움을 얻기도 했다. 책을 쓰게 되었고, 다른 프리랜서들의 존재를 알게 되었다. 워낙 혼자 일하는 직업이라 가끔 고립감을 느끼는데, 다른 번역가들의 글을 읽으면 공감도 되고 자극도 받는다.

보통 내가 블로그에 쓰는 글들은 평범한 일상 글들이

다. 나는 요리를 좋아하고 쇼핑과 라이프스타일에 관심이 많다. 그래서 주로 평소에 먹어보고 사용한 물건들에 대해 글을 올린다. 가끔 번역에 대한 글도 올리고, 일에 대한 글도 올리지만 각 잡고 글을 써서 올리는 건 손에 꼽을 정도로 드문 일이다. 블로그를 하면서 스트레스를 받고 싶지 않기 때문일지도 모른다.

글을 올릴 때마다 기승전결이 명확하고 주장하는 바가 명료한 글만 올리다가는, 내 성격상 분명 오래 지나지 않아 블로그를 일로 생각하며 스트레스를 받게 될 게 뻔하다. 블로그에서만큼은 띄어쓰기나 맞춤법도 내려놓고 별 시답지 않은 이야기를 그냥 쓱쓱 써 내려가면서 내가 이렇게 맛있는 걸 먹었다고 자랑이나 하고 싶다.

블로그로 타인들과 교류하는 것도 은근한 재미다. 블로그 댓글이 많이 달리는 편은 아니지만, 가끔 내 생각에 공감해주는 분들이 댓글을 남기면 반갑다. 내게 과분할 정도로 훈훈한 댓글을 남겨주는 분들도 계시다. 책이 인상적이었다고 말씀해주시는 분들도 계시고, 내 일상 글이 재미있다고 말씀하시는 분들도 계신다.

얼굴도 모르는 나의 블로그에 들어와 뜬금없는 글을 하나하나 읽어주는 것만으로도 고마운데 훈훈한 댓글까지 남겨주다니. 참 신기한 일이다. 따뜻한 댓글을 받을 때마다 인류애를 느낀다.

물론 이렇게 훈훈한 댓글만 있는 것도 아니다. 블로그에는 일방적인 구석이 있어서 참 당황스러울 때도 있다. 평소에 블로그에서 한 번도 보지 못했던 분에게 갑자기 터무니없는 부탁을 받는 경우도 있으며, 그냥 생각 없이 던지는 말을 댓글로 남기는 경우도 있다. 평소에 댓글 창으로 종종 봤으면 그나마 '아, 꾸준히 찾아와주시는 독자님이시구나'라는 생각에 친근감을 가질 텐데, 그게 아닌 경우가 대부분이라 무척 당황스럽다.

어쨌든 블로그로 응원을 받았던 감사한 기억 덕분에 앞으로도 블로그를 계속하지 않을까 싶다. 블로그에 시답지 않은 글을 계속 올리며 나이를 먹어가지 않을까? 떠들썩하고 주목받는 블로그는 아니지만, 아는 사람만 아는 맛집 같은 블로그로 인지되는 것도 재밌을 거 같다.

소소하고 심심한 블로그지만 꾸준히 아껴주시는 구독자님들에게만은 작은 재미를 주는 블로그가 되었으면 좋겠다. 그리고 블로그 덕분에 앞으로의 내 삶에도 생기가 더해졌으면 좋겠다.

노트북 이야기

프리랜서가 된 이후 계속 노트북을 사용해서 일해 왔다. 프로그래머나 영상 편집을 하는 등 고성능 노트북이 꼭 필요한 프리랜서들도 있겠지만, 나는 '성능이 좋을수록 좋지만 그렇다고 엄청 무리하면서까지 고성능을 살 필요는 없는' 직군의 프리랜서이기 때문에 적당히 괜찮은 노트북을 구매해왔다.

최신 기기에 관심이 많은 편이라 노트북 교체도 잦은 편이었다. 엘지, 삼성, 맥북, 레노버, 마이크로소프트 순으로 넘어가 지금은 마이크로소프트 서피스프로를 사용하고 있다. 참 많이도 바꿨다. 미래를 생각하지 않고 내일을 잊은 것처럼 쇼핑을 즐기던 시절이었기에 가능했다. 다행인지는 모르겠지만, 몇 년 전부터 수입도 좀 줄어들었고 결혼도 해서 지금은 나름 절제된 소비 패턴을 유지하고 있다.

이렇게 노트북을 많이 바꾸면서 종종 다른 사람들에게 데스크톱을 사는 게 낫지 않겠냐는 의견을 듣기도 했다. 하지만 나는 뚝심 있게 노트북을 고집해왔다.

그 이유는 어떠한 상황에서든 모든 업무 연락에 대응하고 싶은 욕심에서였다. 클라이언트에게는 언제 일 의뢰가 올지 모른다. 내가 여행을 가든, 주말에 중요한 약속을 하든 상관없이 연락이 올 수 있다. 여행지에서 큰 안건이 들어오면 파일을 확인해야 하며, 급한 안건이 오면 그 자리에서 납품해야하기에 휴대성 좋은 노트북을 선호하는 편이다.

평소에는 데스크톱을 쓰고 이동할 때만 노트북을 이용하면 되지 않느냐고, 요새 스마트폰 성능이 얼마나 좋냐고 할 수도 있다. 생각해보지 않은 건 아니다.

하지만 파일이 분산될 수 있다. 데스크톱으로 작업하다가 노트북으로 이어서 작업해야 할 경우, USB나 외장하드를 일일이 들고 다니는 것도 귀찮다. 게다가 USB나 외장하드는 물리적인 분실의 위험이 크다. 그래서 웬만하면 노트북만 쓴다.

이러한 이유로 노트북은 내게 꽤 중요한 존재가 되었다. 장사 밑천 중 하나이기도 하니 중요하지 않을 리 없다. 그래서 노트북을 고를 땐 굉장히 신중해진다. 성능은 물론이고 디자인, 무게까지 비교해보면서 꽤 오랜 기간 노트북을 둘러본다. 웃긴 점은 그렇게 오랫동안 둘러보지만 반드시 합리적으로 노트북을 구매하지는 않는다는 점이다.

무슨 말인가 하면, A사의 노트북이 아무리 성능과 무게와 가격이 괜찮더라도, 평소에 '아 B사의 노트북 정말 이쁘고 멋지다. 써보고 싶다'라고 생각했다면 머리로는 A사의 노트북을 선택하는 게 맞다는 걸 알아도 어쩐지 B사 노트북을 기웃거리게 된다.

A사의 노트북을 선택하는 게 최선이라는 걸 알지만, 정신을 차리고 보면 B사 노트북의 후기를 훨씬 더 많이 검색해 보고 있다. B사의 노트북을 구매하고 설레어하며 타자라도 한번 더 쳐보고 싶어하는 내 모습을 상상한다.

　　A사의 노트북을 구매한다면? '아…… 괜찮긴 하지만 B사꺼 써보고 싶었는데……'라며 노트북을 쓸 때마다 아쉬워 할 거 같다. 그러니 최종적으로는 B사의 노트북을 선택하는 경우가 종종 있었다. 머리로는 알지만 가슴이 두근거리는 선택을 하는 것이다.

　　실제로 평소에 갖고 싶었던 노트북을 사면 하루 이틀 일지라도 일할 때 의욕이 손톱만큼 더 샘솟는다. 갖고 싶었던 물건이니 한번이라도 더 타자를 두드려보고 싶다는 생각에서다. 그러니 A사의 노트북이 B사의 노트북보다 성능이 좋고 저렴했다고 해도 B사의 노트북을 선택해 후회하지 않는다면, 최종적으로는 잘못된 일이 아니게 되는 아이러니가 발생한다.

생각해보면 곤도 마리에(세계적으로 유명한 정리 컨설턴트)도 설레지 않으면 버리라고 하지 않았는가? 실제로 나는 이런 선택을 할 때마다 후회하지 않았다. 새 노트북을 사야한다며 이것저것 구실을 만드느라 괜히 기존 노트북에 대한 불만을 터트릴 때를 제외하고는 말이다.

이처럼 머리보다는 가슴을 따르는 것이 맞을 때도 가끔 있는 거 같다.

P.S. 그러고 보니 한 가지, 노트북에 대한 해명을 하고 싶다. 2017년에 출간된 『프리랜서 번역가 수업』에서 나는 레노버 싱크패드를 쓴다고 책에 쓴 적이 있다. 그리고 몇 년 후, 그 정보를 책에 쓴 것을 후회했다. 인터넷을 검색하다가 "번역할 건데 노트북 추천해주세요! 이 책의 작가님은 레노버 싱크패드를 쓰신다는데~" 라는 글들을 아주 가끔 보았기 때문이다. 난감했다. 나는 진작에 레노버 싱크패드에서 서피스프로로 갈아탔는데…… 일일이 댓글로 해명을 하기에도 부끄러워서 그냥 넘겼지만, 앞으로는 좀 더 신중하게 책을

써야겠다는 교훈을 얻었다. 그러니 미래의 나는 서피스프로를 사용하고 있지 않을 수 있음을 여기서 밝힌다. 탕탕.

책을 번역하는 일

번역일을 하다가 도서 번역까지 시작하게 된 지도 벌써 몇 년이 흘렀다. 분명 처음 목표가 '이리됐든 저리됐든 번역가가 되자'였기에 많든 적든 돈을 벌 수 있는 도서 번역에도 눈독을 들이게 되었다. 그리고 초보 때는 '역시 내 이름이 박힌 책을 내야 번역가로서의 면이 선다'라는 생각을 하기도 했다. 물론, 지금은 이 생각에 그다지 공감하지 않는다.

아무튼 그런 이유로 옛날에는 도서 번역을 하려고 스스로를 어필하고 다녔다. 누구를 만나든 '책 번역할 일 있으면 나 좀 생각해줘'라고 이야기하였으며 출판 관련

커뮤니티에도 책을 번역하고 싶다고 열심히 글을 올렸다. 지금은 이렇게 글을 올리는 사람들이 꽤 있던데, 당시에는 번역가들이 출판 커뮤니티에 글을 많이 올리지 않았기에 눈에 띄었을지도 모른다. 그렇게 발버둥을 치니 도서 번역가로 데뷔를 하게 되었고, 지금은 산업 번역과 도서 번역을 병행하는 번역가가 되었다.

아직 도서 번역가로서는 10권 조금 넘게 번역한 초보지만, 그래도 책을 번역하면서 느꼈던 것들과 생각들을 잡다하게 적어보고 싶다. 아마 50권 넘게 번역하신 베테랑 번역가분들이 이 이야기를 읽으신다면 고개를 절레절레 저으실 수도 있지만, 그래도 너그러이 귀엽게 봐주셨으면 좋겠다.

내가 책을 번역하는 방식은 이렇다. 먼저 책의 정보를 전달받으면 내가 번역할 수 있는 책인지 아닌지를 파악한다. 만약 번역할 수 있는 책이라면 아마존 저팬 사이트에서 책의 판형과 페이지 수를 보면서 분량을 어림짐작하고 그림이나 도표가 많은지 적은지 등을 알아본다.

그림이나 도표가 많은 책은 이미지 편집 작업이나 말풍선에 번호를 매기는 작업까지 진행해야 하기에 일이 늘어나니, 이점도 살핀다. 그리고 책 소개와 일본 독자들의 리뷰를 읽으면서 어떤 책인지 파악하고 출판사에서 보내준 파일을 동시에 검토한다.

만약 관련 지식이 없는 사람은 도저히 이해할 수 없는 전문 서적이거나, 번역하기에 껄끄러운 내용의 책이라면 조심스레 사양한다. 이미 정해진 스케줄이 있어 기한을 맞출 수 없을 때도 어쩔 수 없이 사양한다. 하지만 이 모든 것이 괜찮겠다 싶으면 진행 가능하다는 회신을 보낸다.

진행해달라는 답변이 오면, 책 초반 몇 페이지를 발췌해서 정성스럽게 번역한다. 에이전시를 통해 출판사에서 번역가를 선정하는 샘플 테스트에 참여하기 위해 하는 경우도 있지만, 에이전시를 거치지 않고 출판사로부터 직접 의뢰받을 때도 출판사 요청과는 무관하게 몇 페이지 정도를 번역해서 샘플로 보낸다.

이건 내 걱정하는 습관 때문이다. 혹시나 나중에 출판사에서 내 번역 스타일이나 실력이 마음에 들지 않을지도 모르지 않는가. 그렇게 초조함과 걱정을 가득 담아 샘플본을 보내고 오케이 사인이 떨어지면 그때부터 본격적으로 번역 작업을 하면서 샘플본과 퀄리티를 맞춰나간다.

내가 주로 번역하는 분야는 건강 과학과 인문 분야의 일본어 서적이다. 다행히도 나는 인문 분야의 책을 좋아하며, 자연스럽게 지식을 습득할 수 있기 때문에 이해하기 어렵지 않은 수준의 건강 과학 분야의 서적도 좋아하는 편이다.

건강 과학 분야의 책을 번역할 때면 문자 하나하나를 곱씹으며 정독하는데 그건 참 특별한 경험이라 할 수 있다. 평소에는 전혀 몰랐던 지식들이 강제성을 띠지 않고 자연스럽게 머릿속에 들어온다. 전문가용이 아닌 나 같은 일반 대중을 위해 쉽게 쓰인 건강 과학서라 이해도 잘 된다. 스토리가 있는 책도 있어서 흥미진진하게 '다음 내용은 어떻게 될까' 하며 기대도 한다. 한 권 번역할 때마다 내 세계가 넓어지는 기분이다.

물론, 번역이 끝나고 한 달 쯤 지나면 그 지식이 거의 휘발되어 몇 문장, 몇 단어 밖에 남지 않는다는 문제점이 있긴 하다. 아, 그 모든 지식이 내 머릿속에 남아있었다면 조금 더 똑똑한 인간이 되었을 텐데.

번역을 마치고 출판사나 에이전시에서 교정본을 보내오면 번역가로서 교정본에 원문과 다른 점은 없는지 다시 확인한다. 그러면 원고가 그제야 내 손을 떠난다. 그리고 존재를 잊고 있다가 가끔 '그러고 보니 그 책 출간됐나?'라고 궁금해한다. 출간된 책을 볼 때면, '끈기 없는 내가 이렇게 긴 글을 번역했다니 말도 안 된다'라며 새삼스레 놀란다. 뜬금없지만 지금도 다시 한번 말하고 싶다. 게으른 내가 책을 번역했다니, 말도 안 돼.

지금의 내게 도서 번역은 '한 달 반 동안 낯선 사람의 이야기를 듣는 일'과 같다. 책에 따라 작업 기간은 천차만별이지만, 어쨌든 내 경우에는 약 한 달 반 동안 낯선 일본 작가가 하는 이야기를 잘 듣고, 그 이야기를 한국어로 차근차근 옮겨낸다.

한 달 반 동안 꾸준히 해나가는 게 제일 이상적이겠으나 때로는 오늘은 쉬겠다며 약속을 미루기도 하고, 어느 날은 작가의 이야기가 눈에 안 들어오기도 한다. 그래도 신기한 것은 어찌 됐든 한 달 반 뒤에는 그 책이 모두 번역되어 있다는 점이다.

과거의 나는 미래의 나를 믿으며 의뢰를 덥석 떠안아버리고, 책을 번역하는 한 달 반 동안의 나는 '의뢰를 맡을 때만 해도 스케줄이 넉넉해 보였는데 막상 해보니 넉넉하지 않구나'라며 열심히 노트북을 붙잡고 있으면, 어떻게든 한 달 반 뒤에는 완성된 번역본이 탄생한다.

번역본을 납품하고 역자 확인까지 끝내면 무척 상쾌하다. 그러고 나면 '당분간 책 번역은 조금 쉬고 싶다'라는 생각이 든다. 하지만 역시 망각의 동물이기에 오래가지 않아 한 달 반 동안 힘들었던 기억이 사라져버린다. 그러면 그렇게 다시 도서 번역에 도전하게 되고…….

이런 식으로 나는 계속 책 번역을 이어가고 있다. 아마 앞으로도 그러지 않을까 싶다. 어느 도서 분야의 전문 번역가가 되겠다느니, 목표는 100권이라느니 하는 거창한 꿈은 없다.

그냥, 이렇게 계속 망각을 거듭하면서 오늘도 나는 번역을 하고 있다.

1인 출판사와 일한다는 것

나는 1인 출판사와 일한다. 1인 출판사, 세나북스와 함께한 지도 햇수로는 벌써 5년 차가 되었다. 번역서는 다른 출판사나 에이전시의 의뢰를 통해 일하지만, 작가로서 내는 책은 아직 세나북스하고만 작업하고 있다.

내가 세나북스와 일하게 된 사연은 앞서 이야기했지만, 다시 짧게 이야기해 보겠다.

작가로 데뷔하고 싶은 여러 가지 이유가 있었지만, 그이유를 요약해보자면 '어쩐지 멋있어 보여서'라는 한마디로 귀결되었다. 어쩐지 멋있어 보이기 때문에 나는 작가를 꿈꿨다. 참으로 단순하고 가벼운 이유다.

그래서 작가가 되기 위해 인터넷을 검색했고, 세나북스의 작가 모집 글을 보게 되었다. 나는 냉큼 댓글로 작가신청을 했다. 이렇게 이야기하니 참 겁이 없었던 거 같다. 나는 그저, '일단 도전해봐야지. 내 글이 이상하면 출판사에서 알아서 아웃시키겠지!'라고 아주 가볍게 생각했다.

지금 생각하면 데뷔도 안 한 햇병아리의 패기가 참 당찼다. 감사하게도 세나북스에서는 내게 소정의 원고료를 준다고 하였고, 곧바로 『걸스 인 도쿄』 출판 프로젝트에 참여하게 되었다. 사실 나도 나지만, 나의 귀인이신 세나북스의 최 대표님도 그때 뭘 보고 날 작가로 발탁해 주셨는지…… 는 잘 모르겠다. 아마 우리는 와이파이를 타고 흐르는 전파보다 빠른 속도로, 무의식중에 '앗 이 사람, 문제없겠어!'라고 서로 느꼈을지도 모른다.

그렇게 책에 실리는 글을 처음으로 써봤다. 무척 귀한 경험이었다. 책이라는 매체에 실리는 글의 성질을 느껴보고, 편집자의 피드백을 받으며 내 글을 다른 관점에서 바라볼 수 있었다.

처음 『걸스 인 도쿄』의 실물을 봤을 때, 내가 쓴 글의 페이지를 휘리릭 찾아보며 신기해했던 기억이 난다. 내가 쓴 글이 정말 책이라는 형태로 나오다니. 아직까지도 신기하긴 마찬가지다. 지금도 종종 책장에 꽂힌 내 책들을 보면서 '내가 저렇게 긴 글을 썼다니…… 과거의 호린은 열심히 살았구나. 지금의 나는 저렇게 긴 글을 쓸 수 없을 거 같은데……' 라며 늘 신기해한다. 아마 다른 작가들도 그렇지 않을까?

어쨌든 세나북스와의 인연은 이렇게 시작되었다. 『걸스 인 도쿄』가 나오고 나니, 나는 더 욕심을 부리고 싶어졌다. 공저 작가로만 만족하고 싶지 않았다. 오롯이 혼자 쓴 책을 펴내고 싶었다. 그래서 최 대표님께 무턱대고 메일을 보냈고, 번역가에 관련된 책을 펴낼 수 있었다.

내가 작가가 되고 책을 낼 수 있었던 것은 세나북스가 1인 출판사인 덕이 컸다고 생각한다. 번역가와 관련된 책을 쓰고 싶다고 최 대표님께 말씀드렸을 때, 내게는 '이런 책을 쓰고 싶다!'라는 구상만 있었으며, 기획서도 쓰지 않은 상태였다. (물론 이러면 안 된다) 그냥 나의 아이디어를 최 대표님께 메일로 무턱대고 말씀드렸다. 그 당시의 메일을 복원해보자면 바로 이러했다.

To. 세나북스 최 대표님

(인사 내용 생략)

다름이 아니라, 최짱(프로젝트를 진행할 때 편집자의 애칭이었음)님의 개인적인 의견을 한번 들어보고 싶어서 이렇게 말씀드려요. 제가 일본어 번역일을 하고 있는데 오늘 문득 2, 30대, 프리랜서, 번역가를 테마로 해서 글을 써보면 어떨까 하는 생각이 들었어요. 번역가의 길을 어떻게 선택하게 되었고, (아직 초보지만) 재택 프리랜서로 근무하는 환경이나 사회적 시선 등을 담은 이야기를 써보고 싶다는 생각이 들었습니다. 아직 가볍게 생각만 하고 있는데, 저런 주제로 글을 쓰면 요새 출판가 분위기하고 좀 맞는 부분이 있으려

나요? (- -;)어떻게 생각하시는지, 냉정한 의견 부탁드립니다 (_ _)

from 호린

어쩌면 다른 출판사였다면 아마 단번에 매크로 답변을 받거나 원고부터 써서 보내달라는 답변을 들었을지도 모른다. (그리고 원고부터 쓰는 게 맞다. 내가 잘 몰랐던 거다) 단독 저서가 한 권도 없는 왕초보 작가가 출판사 직원에게 '이런 책을 내고 싶어요~'라고 넌지시 이야기하는 꼴이니까. 하지만 세나북스는 대표님은 직접 내 메일 내용을 친히 검토해주셨다. 대표님의 답장은 이러했다.

To. 호린

오, 정말 괜찮은 콘셉트 같아요. 제가 아는 분 중에도 일본어 번역가이신데 1인 출판사도 하시더라고요.

저도 재택이다 보니 이 직업의 장단점이 참 많다고 생각합니다.

일본어, 그리고 번역가에 대해서는 많은 분들이 관심을 가질 것 같아요. (저도 궁금합니다) 작가님 단독 저작을 생각하시는지 많은 분들과 같이 글을 쓰고 싶으신지 궁금하고요, 제 생각에 트렌드에는 정말 잘 맞아요. 좋은 기획입니다.

사람들이 회사 인간에 지쳐가고 있잖아요. 저도 17년이나 회사 인간으로 살았지만 지금 생각해보면 참 오래도 했다 싶습니다. 조금이라도 더 빨리 독립을 해서 자유로운 지금의 직업을 가졌어야 하는데 하는 생각을 요즘 무척 많이 합니다. 한 번 발전 시켜 보아요.

언제든 궁금한 점이나 의논할 일 있으시면 꼭 연락주세요. 저는 이번에 좋은 작가님들과 작업을 한 것만으로도 너무 행복합니다.^^

그리고 앞으로도 작가님들과 좋은 작업 많이 하고 싶어요. 그럼 또 연락주세요~~ ^^

From 최 대표

대표님의 긍정적인 답장에 기운을 얻자 나는 신이 나서 기획서를 작성해 보내드리겠다고 했다. 그리고 나름대로 출판 기획서를 만들어서 보내드렸는데, 냉정한 평가가 돌아왔다.

　콘셉트가 확실하지 않으며, 기획서의 내용이 부실합니다. 이대로는 시장성이 없어 보입니다.

　역시 이렇게 술술 일이 풀릴 리가 없었다.

　부정적인 답변이긴 했지만 어쩐지 설레었다. 긍정적으로 생각해보면 대표님은 내가 쓴 엉터리 기획서를 비웃거나 무시하지 않고, 냉정하고 진지하게 평가하신 것이다. 게다가 대표님이 다시 해보라며 독려해 주셨고 직접 출판 기획서 양식을 보내주시기까지 했다.

　내가 생각해도 그 당시의 내 메일과 기획서는 정말 엉터리였다. 왕초보 작가가 무턱대고 들이댄 엉망진창 기획서를 꼼꼼히 살펴주시다니. 이는 1인 출판사이기에 가능했던 일이 아닐까 추측해본다. 출판사 대표님께서 직접 검토하시고 기획서를 응원해 주셨기에 기회를 또 얻을 수 있었다.

그리고 2주 후. 대표님이 주신 양식에 맞추어 다시 기획서를 작성한 뒤 메일로 보냈다. 그리고 이틀 뒤 받은 답장은 이러했다.

출간기획서가 정말 알차졌네요! 조금만 더 다듬으면 될 것 같아요. 필요한 내용은 거의 다 들어가 있다고 생각됩니다. 혹시 세나북스와 일할 생각 있으신지요?

저는 같이 한 번 작품(?) 만들어보고 싶네요. ^^

작가님이 출간기획서에 쓰신 대로 회사 생활에 염증을 느끼는 사람이 많습니다. 그리고 저도 한 번쯤 번역가를 꿈꾸어 보기도 해서 정말 흥미로워요. 작가님과 제가 많은 소통을 할수록 더 좋은 작품이 나올 수 있을 것 같아요.

나는 속으로 만세를 외쳤다. 당연히 나는 대표님이 내

미시는 손을 덥석 잡았다. 첫 술에 배부를 리 없으니 거절당해도 상처받지 말자고 마음을 먹고 있었는데, 사실 첫술에 배부르고 싶었다. 나는 원하는 게 있으면 당장 실현하고 가져야만 직성이 풀리는 탐욕스러운 인간이란 말이다.

그렇게 나의 첫 단독 저서 『프리랜서 번역가 수업』이 나왔다. 첫 단독 출판 계약이니 한번 직접 만나서 미팅을 할 만도 한데, 대표님과 내가 실제로 만난 건 책이 나오고 난 뒤 열린 '작가와의 만남'에서였다.

『프리랜서 번역가 수업』을 작업할 때도 세나북스가 1인 출판사라는 점이 꽤 편리했다. 대표님이 직접 편집에 참여하니 피드백을 서로 빠르게 주고받을 수 있었다. 그리고 표지에도 내 의견을 세세하게 반영할 수 있었다. 언제 인쇄에 들어가는지, 출간일은 언제인지, 심지어는 책이 인쇄되어 쌓여있는 사진을 보내줄 수 있는지까지. 참 별걸 다 물어봤다 싶다.

하지만 대표님은 당시 내 책에만 집중했기에 귀찮은

질문에도 모두 답변해 주셨고 각별히 신경 써주셨다. 이것이 바로 1인 출판사의 최대 묘미가 아닐까? 출판사에서 단 한 권, 많으면 두 권의 책 제작에만 오롯이 집중하는 점 말이다.

그 이후로 나는 세나북스와 함께 『한 달의 교토』, 『초보 프리랜서 번역가 일기』 등을 썼다. 데뷔작인 『프리랜서 번역가 수업』이 잘된 덕분도 있지만, 한번 신뢰가 쌓이니 이후의 일을 진행하기가 수월했다. 지금의 대표님과 나는 기획 회의라는 핑계로 만나 밥도 먹고 이야기를 나누고 다른 작가분들과 모임도 가지며 이런저런 정보도 얻는다.

솔직히 고백하건대, '대표님과 기획 회의를 하러 가야 한다'라는 핑계로 신랑에게 바쁜 척하며 대표님과 만나 수다를 떤 적도 있다. 하지만 그 수다와 만남 속에서 정말 책을 기획해서 펴내기도 했으니 거짓은 아니다. 『초보 프리랜서 번역가 일기』와 『한 달의 교토』가 그렇게 탄생했으니까.

그러니 나는 누군가가 원고를 투고하고 싶다고 한다면 1인 출판사도 추천하고 싶다. 물론, 1인 출판사의 '1인'이 어떤 사람인지는 잘 판단해야 한다. 금전을 요구하거나 작가와의 만남의 주최 비용을 작가에게 요구하는 사례도 더러 있다고 하니, 그런 곳은 잘 검토해보길 바란다.

어쨌든 세나북스와 함께 일한 지 5년 차인 지금, 세나북스도 나도 많이 변했다. 세나북스는 이전보다 훨씬 더 성장해서 2020년에는 한 해 동안 무려 9권이나 책을 펴냈다고 한다. 그리고 나는 어느샌가 정신을 차려보니 책을 몇 권 낸 5년 차 작가가 되었다. 동반 성장이라고 할 수 있지 않을까. 각자의 자리에서 서로를 응원하며 때때로 호흡을 맞출 수 있는 존재가 있다는 건, 썩 괜찮은 일인 거 같다.

이런 건 진짜 번역이 아니야

　가끔 번역에 대한 상담 메일을 받는다. 그리고 그 메일들에는 종종 이런 내용이 포함된다.

　"제가 그냥 아르바이트로 ○○번역을 한번 해보긴 했는데 정식으로 번역을 해본 적은 없고요……."

　"그냥 팸플릿 번역해 달라길래 몇천 원 받고 한 번 한 적은 있어요……."

　"전단 같은 거 번역하는 일만 해요. 진짜 번역을 해보고 싶어요."

　왜 다들 그리 주눅이 들었는지. 아르바이트로 번역을 했건, 팸플릿 한 장을 번역했건, 번역 담당으로 일을 했다면 번역을 했다고 할 수 있지 않을까.

　하지만 이렇게 말씀하시는 분들이 어떤 마음인지 모르는 건 아니다. 나 역시도 그랬으니까. 일본 워킹홀리데이를 다녀오고 번역가가 되기로 결심은 했지만 당장 번역일이 없어 이 회사 저 회사 들락날락하다가 결국엔 집에서 타이핑 아르바이트부터 시작했다. 그리고 정말 간간이 이런저런 번역을 했다. 이번에는 '이런저런 번역'에 대해 조금 더 구체적으로 이야기해 보고 싶다.

　이런저런 번역은, 정말 말 그대로 이런저런 번역이었다. 3줄짜리 번역부터 시작해서 글자 추출도 되지 않는 해상도 나쁜 이미지 파일 한두 장을 번역해달라는 의뢰도 종종 있었다. 각색을 더해 이야기해보자면, 카레 번역 같은 일을 들 수 있다.

　카레 번역이라고 하면 좀처럼 이해가 안 될지도 모른다. 쉽게 말하자면 이런 것이다. 우리가 흔히 마트에서 구매하는 카레를 떠올려보자. 바로 그것이다.

　그 의뢰는 카레 가루가 담겨있는 봉지의 앞뒷면에 쓰

여 있는 일본어를 번역해달라는 단 한 장짜리 의뢰였는데, 따로 엑셀이나 워드 파일로 의뢰 온 것도 아니고, 카레 봉지 이미지 그 자체로 의뢰를 받았다. 글자 추출은 전혀 되어있지 않아 내가 알아서 글자를 추출한 뒤, 열심히 번역하고 돈을 받았던 기억이 난다.

카레 봉지 번역뿐이었을까? A 회사가 프리랜서 B에게 전하는 이메일 번역도 했고, 급한 일이라며 핸드폰 카메라로 찍은 서류 사진을 번역하기도 했다. 처음에는 '이런 읽기도 힘든 글자를 번역하는 게 아닌, 한 건당 몇 천 원에 끝나는 번역이 아닌, 몇천 자, 몇만 자를 글자당으로 쳐주는 번역을 해보고 싶다'라고 생각했다. 멋지게 CAT Tool(번역 지원 프로그램)을 쓰면서 추출된 글자만 번역하면 되는 큰 번역 프로젝트를 진행해보고 싶었다. 이런 건 너무 작은 번역이라고, 용돈 벌이라고 말하기도 뭐하다고 생각했다.

하지만 사람 일은 역시 모르는 법이다. 희한하게도 그 때 그 번역들은 나의 컴퓨터 활용 능력 향상에 아주 큰 도움이 되었다. 그리고 그 컴퓨터 활용 능력 향상은 곧 번역 효율의 향상으로 이어졌다. 핸드폰으로 찍어서 오는 사진이나 이미지 파일로 번역 의뢰가 오면 어떻게든 글씨를 잘 추출하기 위해 잔머리를 굴려댔다.

그 결과, 원본 이미지의 해상도에 따라 다르긴 하지만 지금은 나름 '어떻게 하면 이미지 파일에서 글자를 효율적으로 잘 추출할 수 있는지' 그 방법을 잘 알게 되었다. 그리고 글자가 추출되지 않는 이미지나 PDF 파일은 어떻게 번역하는 게 일 처리가 더 빠른지도 파악할 수 있게 되었다. 무엇보다도 그때 한 땀 한 땀 고생스럽게 했던 번역일들은 나의 경력이 되어주었고, 경력이 없으면 앞으로 나아가기 힘든 이 업계에서 큰 힘이 되어주었다.

게다가 난 아직도 포장 상자의 앞뒷면에 쓰여있는 글씨들을 번역한다. 물론 지금은 번역할 텍스트만 깔끔하게 정리해서 엑셀이나 워드 파일로 보내주는 업체들과 주로 일하고 있지만, 번역의 내용은 크게 다르지 않다.

그리고 어느 날 만약 기존 업체들이 텍스트 추출을 미처 못했다며 내게 이미지 파일 그대로 번역을 의뢰한다고 해도 별 거리낄 것 없이 단가와 스케줄 협의 후에 승낙할 거 같다. 좀 귀찮긴 하겠지만 말이다.

그러니 이야기하고 싶다. 정말 이런저런 사정으로 내세우기 곤란한 일이라면 모를까, '누가 부탁해서' '그냥 어쩌다가' 받은 의뢰라며 자신이 한 일을 작게 만들어버리지 않았으면 좋겠다. 세상에는 전문 번역가나 프로들이 많으니 자신이 한 일을 내세우기 부끄러운 마음은 충분히 이해하지만, 프로들과 경쟁하며 프리랜서가 되어 일감을 따내려고 노력하는 그 순간부터 이미 당신은 프로와 같은 선상에 있다는 것을 잊지 않았으면 좋겠다.

아무도 '당신은 초보군요' 하면서 초보 프리랜서를 특별히 배려해주지 않는다. 게다가 누군가와 같은 목표를 두고 경쟁할 때는 당연히 자신의 능력을 보여줘야 한다.

그러니 미리 앞서서 자신이 한 일은 별일이 아니며,

그냥 어쩌다 한 일이었다고 겸손을 떨 필요는 없지 않을까? 그저 사실대로 아르바이트로 어떤 번역을 해봤다고 적어내면 그 후에는 클라이언트가 알아서 판단할 것이다. 아무리 겸손이 미덕이라고 해도 언제까지나 겸손만 고집하다간 제 몫을 찾기 어려워질 수도 있다고 생각해 본다.

경력을 이야기할 때면 머쓱해 하며 주춤거릴 때가 많은 나도 용기를 내보려고 하니, 다른 분들도 자신의 몫을 잘 찾을 수 있게 당당해지셨으면 좋겠다.

가치 있는 글을 쓰고 싶어

책을 쓰거나 번역을 할 때 내가 제일 중요하게 생각하는 것. 그건 바로 '이게 팔릴까?'다.

누군가는 너무 상업적이고 자본주의적인 생각이라고 안 좋아할 수도 있겠다. 하지만 내게 글쓰기와 번역은 보람만으로 계속하기에는 어려운 일이다. 나는 글과 번역이 적당히 팔려서 일한 시간이 헛수고가 되지 않기를 바란다. 다 먹고 살려고 하는 일이 아니겠는가.

물론 '잘 팔린다'의 기준은 사람마다 다르다. 그리고 내가 생각하는 '잘 팔린다'는 베스트셀러 수준이 아니라서 기준도 높지 않다. 사람은 자고로 자신의 분수를 알아야 하는 법, 나도 내 주제를 안다. 그냥 내가 한 수고에 걸맞게 팔렸으면 좋겠다. 그래서 늘 내가 팔릴 정도로 가치 있는 글을 쓰고 있는지 고민한다. 어떤 이야기를 해야 사람들이 돈을 투자할 만큼의 글이 될지, 사람들이 내게 어떤 이야기를 원하는지 생각한다.

지난해에 출간한 책, 『한 달의 교토』를 쓸 때 이 고민이 굉장히 깊었다. 빛이 있으면 그림자도 있는 법. 사실, 교토에 있을 때 즐거운 일도 많았지만 힘든 일도 있었다. 하지만 책에는 힘든 일을 거의 쓰지 않았다. 자기가 자처해서 가게 된 주제에, 정말 좋은 기회로 가게 된 주제에 챕터마다 힘들다고 징징거리는 얘기를 쓰면 얼마나 재수 없을지 안다. 그래서 힘들었던 일은 과감히 빼고, 좋았던 풍경과 재미있었던 이야기들을 중심으로 글을 담아냈다. 실제로도 좋았던 일이 더 많기도 했다.

하지만 도대체 무엇이 '팔리는 글'일까. 나는 계속 고민하고 있다. 너무 자본주의의 마인드로 글을 쓰는 건 아닌지 반성해보기도 한다. 다른 책들을 보면 철학적이고 인문적인 고민을 끌어안고 글을 쓰는 작가들이 종종 등장한다. 그런 분들에 비해서 나는 너무 가볍고 못된 마음으로 글을 쓰는 것 같아 마음에 걸린다.

이렇게 자괴감이 올 때는 책들이 빽빽하게 꽂힌 넓은 서점을 떠올리면 그나마 마음이 좀 나아진다. 세상에는 책이 정말 많다. 책이 많은 만큼 작가도 많다. 그렇게 많은 작가가 있으니 자본주의 정신을 가진 작가가 분명 나만 있을 거라고 생각하진 않는다. 게다가 이렇게 자본주의 정신을 갖고 노력한다 한들, 아직은 엄청 대박을 터트렸다거나 책이 베스트셀러가 된 것도 아니고, 남에게 피해를 끼친 것도 아니니 뭐 어떤가.

그러니 글쓰기를 제대로 배운 적이 없는 주제에, 게다가 무명 주제에 글의 값어치만 신경 쓰는 삐딱한 글쓴이지만, 그래도 그냥 귀엽게 봐줬으면 좋겠다. 아, 누군가가 이따위 글을 인쇄하기 위해 잘린 나무에게 사과하라고 한다면 그 정도야 기꺼이 할 생각은 있다.

2장

집콕 프리랜서로 사는 이야기

알고 있는 것과
실천하는 것과 가르치는 것

많은 이들이 알고 있듯이 알고 있는 것과 실천하는 것과 가르치는 것은 다르다. 나는 이 사실을 직접 체험해 보고서야 알았다.

프리랜서가 된 지 얼마 안 되었을 때 어느 어학원에서 일본어 기초반 강사로 일한 적이 있다. 당시에는 워킹 홀리데이를 다녀온 지 얼마 안 되어 일본어 회화 실력이 파릇파릇했으며 일본에서 공부도 꽤 열심히 해서 일본어 읽기와 쓰기도 곧잘 했다. 게다가 난 일본학과를 졸업하지 않았는가. 일본의 정치, 경제, 문화를 배우는 학과라서 일본어만 전문으로 파고드는 학과는 아니지만,

일본어를 잘할 거라는 인식이 있는 학과를 졸업했다.

생각해보니 어쩐지 근거 따윈 없는 자신감이 붙었다. 그 기세로 어학원의 일본어 기초반 강사 자리에 지원하고 수업 시연을 했다. 놀랍게도 합격. 학원에서 제공하는 교재를 집으로 들고 가 어떻게 수업을 진행할지 고민하기 시작했다.

교재를 펼쳤더니 히라가나부터 나왔다. 일본어의 기초 중에 기초다. 하지만 히라가나가 눈에 들어오자 무척 당혹스러웠다.

'이걸 도대체 1시간 동안 어떻게 가르치지? 히라가나에 1시간 동안 가르칠 내용이 있나?'

あ는 너무나도 당연하게 '아'였고 お는 그냥 '오'였다. 마치 외국인에게 ㄱ, ㄴ, ㄷ, ㄹ, ㅁ……을 가르치라는 것과 같았다. 획순이나 발음을 하나둘씩 짚어줄 수는 있어도, 그 글자들을 머릿속에 넣는 건 학생이 해야 할 일이었다. "외워 오시고 다음 시간에 시험 봅니다"라는 방법밖에 떠오르지 않았다. 하지만 그러면 안 되는데······.

이때 처음으로 내가 알고 있는 것과 가르치는 것은 다르다고 체감했다. 교육학이라는 위대한 학문이 존재한다는 것과 선생님들이 학생들을 교육하기 위해 많은 수련을 거친다는 것은 알고 있었지만, 막상 직접 타인에게 내 지식을 가르치려고 하니 보통 일이 아니라는 것을 몸소 깨달았다. 타인에게 자신의 지식을 전수해주는 일에는 타인을 이해하는 마음과 커뮤니케이션 능력이 필요했다. 내 세계의 상식이나 지식을 다른 세계 사람에게 알리는 것과 같은 느낌이었다.

교육의 어려움은 이뿐만이 아니었다. 자신이 알고 있는 지식과 업계에 대해 이건 이렇게 해야 하고 저건 저렇게 하는 게 좋다고 선생님의 입장이 되어 학생에게 열심히 가르친다고 해보자. 하지만 막상 실전에서 자신이 알려준 내용을 학생 스스로 잘 실천하느냐는 또 다른 문제이다.

아마 아이를 키우는 분들이라면 쉽게 공감할 수 있을

지도 모른다는 생각이 든다. 예를 들어, 아이에게 "편식을 하는 건 나쁜 습관이야. 콩나물까지 다 먹어야지?"라고 가르치지만 정작 자신은 당근과 오이를 편식한다든가, 조카에게 "책을 꾸준히 읽는 건 생각의 폭을 넓혀주니까 독서를 꾸준히 하렴"이라고 말해놓고선 자신은 3개월에 소설책 한 권 읽을까 말까 하는 경우, 있지 않나?

이처럼 일본어 학원에서는 "자, 일본어 あ를 쓸 때는 맨 처음에 가로획부터 쓰는 거예요~" 라고 가르치지만 정작 내가 필기할 때는 세로획부터 무심코 써버리는, 이와 비슷한 상황을 몇 번 경험한 적이 있다.

물론 사람이니까 실수는 할 수 있다. 하지만 가르치는 사람의 성격이 덤벙대서 원래 실수가 잦다거나, 가르치는 내용과 습관이 된 행동이 다르다면 이건 조금 곤란한 문제가 되는 것이다. 어쩔 수 없는 일이다. 선생님들이 모두 위인은 아닐 테니까. 적어도 나는 위인이 아니다.

가르치는 내용은커녕 말과 행동이 일치하지 않을 때도 많다. 나만 해도 감자튀김은 콜레스테롤 덩어리에 살이 찌는 안 좋은 음식이라고 말하면서도 햄버거 세트에서 감자튀김을 빼놓은 적이 없다.

그러나, 어쩌다 가르치는 입장에 있을 때는 뜻대로 잘되지 않더라도 학생에게 가르치는 대로 행동하려고 노력 정도는 해본다. 노력은 해볼 수 있지 않은가. 위인은 아니지만 학생에게 부끄러운 사람은 되고 싶지 않다.

아마 '가르치는 자들' 대부분이 이런 마음이 아닐지 내 멋대로 추측해본다. 그러니 누군가를 가르친다는 것은, 어쩌면 스스로를 수행하는 일과 비슷할지도 모른다. 선생님뿐만 아니라 아이에게 사회 질서를 가르치는 부모들을 포함한 모든 '가르치는 자들'에게 응원을 보낸다. 학생과 자녀에게 부끄럽지 않도록 노력하는 삶에는 분명 빛나는 요소들이 있을 것이니, 그 노력이 당신과 당신 제자들의 미래를 더 밝게 만들어 줄 것이다.

화장실 청소에 대한 잡상

부끄러운 이야기지만 결혼하기 전에 나는 화장실 청소를 해본 적이 없다.

결혼하기 전에는 부모님 집에 살았으니 부모님이 화장실 청소를 하셨다. 집의 화장실 청소를 해본 적이 없는 못난 딸…… 아니, 귀한 딸이다.

초등학교, 중학교, 고등학교에 다니면서도 이상하게 화장실 청소 당번을 한 번도 해본 적이 없다. 12년 동안 한 번쯤 해볼 만도 한데, 화장실 당번은 언제나 나를 피해 갔다. 내가 맡았던 건 창틀 닦기(늘 창틀을 닦으면서 왜 창문 닦기가 아니라 창틀 닦기를 시키는 건지 궁금했다)

와 신발장 청소였다.

그러다가 결혼을 하고, 남편과 번갈아 가며 신혼집의 화장실 청소를 하게 되었다. 화장실 청소를 하기 시작한 지 약 2년이 되어가고 있다.

처음에는 신혼집 화장실에 대해 별생각이 없었다. 예전에 방문한 적이 있는, 유난히 정감 있고 신기했던 친구네 집 화장실 같은 분위기가 났으면 좋겠다는 생각만 좀 들었다.

그런데 조금 생각을 해보니, 그 친구네 집 화장실을 편안하게 이용할 수 있었던 제일 중요한 이유 중 하나가 바로 청결이라는 사실을 깨달았다. 여러 브랜드의 욕실 용품들이 나열되어있고, 좋은 향이 나는 화장실의 기본이자 필수 요소는 역시 청소였다.

화장실 청소의 중요성을 깨달은 나는 그때부터 화장실 청소를 열심히 하기 시작했다. 특히, 청소하는 날이 아니더라도 집에 손님이 찾아오는 날에는 무조건 화장실을 점검했고 지저분한 곳을 청소했다.

타일 줄눈도 열심히 청소했으며, 샤워기나 수도꼭지도 베이킹소다와 구연산을 뿌려 나름 잘 관리하고 있었다. 변기는 기본이다.

그런데 어느 날, 디퓨저가 내 눈에 들어왔다.

디퓨저. 화장실 냄새를 해결하기 위해 결혼할 때 선물로 받은 디퓨저를 변기 뒤 선반 구석에 놓아두고 있었다. 분명 처음 놓았을 때는 디퓨저에서 향기가 났었는데, 지금은 향기가 나는지 안 나는지도 잘 모를 지경이었다. 그리고 그 디퓨저에는 먼지가 꽤 많이 쌓여있었다.

먼지 쌓인 디퓨저를 보니 얼굴이 붉어졌다. 화장실 청소를 열심히 했다고 생각했는데 먼지 쌓인 디퓨저라니. 아니, 디퓨저까지 닦아야 한다는 건 깨닫지 못했다. 어쩌면 혼자 살거나 나처럼 살림하는 주부가 아니라면 디퓨저를 닦을 생각을 해본 적이 없는 사람들이 꽤 있을 거라고 스스로를 위로해본다. 디퓨저도 닦아야 합니다. 먼지가 쌓이거든요.

사실 디퓨저 청소를 잊어버렸던 건 아니다. 화장실에 갈 때마다 디퓨저는 분명 내 눈에 보였다. 하지만 어째서인지 디퓨저는 내 눈에서 아웃포커싱 되었다. 정확히 말하자면 보긴 보았으나 한 번도 주목하지 않았다.

'디퓨저에서 향기가 안 나는 거 같은데?'라는 생각만 스쳐 지나가듯 하고 그냥 화장실을 나왔다. 생각해보면 디퓨저를 보고도 못 본 척한 셈이다.

알고 보면 생활 속에서 이렇게 보고도 못 본 척하는 일들이 종종 발생한다. 왜 그럴까? 사실 그 일을 외면하고 싶은 거 아닐까? 내 마음속에서는 이미 화장실 청소가 끝났기 때문에 먼지 쌓인 디퓨저가 뒤늦게 시야에 들어와도 그냥 넘어가게 되는 것이다. 디퓨저 하나만 청소하면 되는 거라 해도 이미 화장실 청소를 끝냈기 때문에 굳이 다시 시작하고 싶진 않은 거다. 다음에 하지 뭐 ~ 라며 그냥 넘어가 버린다.

그 후로 나는 내가 외면하던 일들을 조금 더 제대로 마주하려고 노력했다. 먼저, 쓰레기봉투를 고정하던 집게를 닦았다. 그 집게를 닦아야겠다는 생각을 한 번쯤 하긴 했으나 디퓨저처럼 마음속으로 '닦아야 하는데~'라고 생각만 하고 잊어버리고 있었다.

주방세제를 묻혀 집게를 쓱쓱 닦으니 다시 새것이 되었다. 3분도 안 걸리는 일을 왜 미뤄두고 있었는지 모르겠다. 집게 이외에도 싱크대 하부장 구석 정리라든지 책장 정리 같은 일들도 쌓여있었다.

아무래도 이런 일들은 생활 속뿐만 아니라 업무에서도 종종 있다. 예를 들어 소프트웨어 업데이트를 계속 미뤄둔다든가, 인보이스(청구서) 작성을 미뤄두는 일, 파일 정리를 게을리하는 일 말이다.

하지만 소프트웨어 업데이트를 계속 미루다 보면 급한 일이 들어왔을 때 업데이트를 하라는 알람을 끄느라 시간을 뺏길 것이며 인보이스 작성을 미루다 보면 내가 언제 어떤 일을 했고 받을 돈이 얼마였는지 잊어버리는 불상사가 일어날지도 모른다.

파일 정리는 더 심각하다. 파일을 어디에 뒀는지 모르

면 탐색기로 찾아낼 수야 있다. 하지만 문제는 탐색기로 찾아낸 뒤에 그 파일을 제대로 된 폴더로 이동시켜놓지 않고 그 상황만 모면하는 데 있다. 이러면 나중에 중복되는 파일이 많아질 수 있고 클라이언트가 어떤 파일을 가리키는 건지 메일부터 다시 열어봐야 할 수도 있다. 그렇게 똑같은 파일이 늘어 가고 컴퓨터 용량이 중복 파일로 채워지면 점점 더 혼란스러워진다.

그러니 귀찮아서 미뤄두고 싶은 일들은 잠시 미루되, 머지않아 해결하려고 노력 중이다. 프리랜서는 스스로를 잘 돌봐야 하는 사람이니까. 내가 하지 않으면 아무도 대신 그 일을 해주지 않는다. 생활 속에서는 그저 혼자 얼굴을 붉히고 끝나겠지만, 업무에서는 다른 사람에게 피해를 주는 일이 발생할지도 모른다.

모든 일을 완벽히 해야 하는 강박을 가지겠다는 말은 아니다. 이렇게 말해도 어차피 나는 게을러서 또 무언가를 미룰 것이다. 하지만 계속 외면하기만 하면 미래의 자신이 고통스러울 거라는 것을 되뇌며 오늘도 눈에 잘 보이지 않는 일들을 바로 처리하려고 노력 중이다.

미래의 자신을 배려할 줄 아는 현재의 나는, 언젠가 분명 나 자신에게 굉장히 고마운 존재가 될 것이다.

자기관리는 못합니다

프리랜서는 자기관리가 중요하다고들 한다. 나도 그렇게 말해왔다. 아무도 돌봐주는 사람, 챙겨주는 사람, 알려주는 사람이 없으니 스스로 알아서 잘 챙겨야 한다. 업무적인 부분뿐만 아니라 아침 기상과 밥 먹기, 휴식 시간 설정, 스케줄 관리 등. 착실하게 스스로를 돌보며 성실하게 일하는 프리랜서! 얼마나 이상적이고 멋진 사람이란 말인가.

하지만 이는 서울대에 가려면 교과서 위주로 꾸준히 공부하면 된다는 이야기와 별반 다르지 않은, 알면서도 실천하기엔 어려운 이상이다.

종종, 강연이나 작가와의 만남에서 이런 질문을 받기도 한다.

"자기관리 어떻게 하세요? 시간 관리라든가, 사생활과의 구분이라든가……."

프리랜서로 오랜 시간을 살아왔으니 '이 사람은 어떻게 시간 관리를 하면서 사나' 하며 궁금해하실 거 같다.

하지만 이에 대한 나의 답변은 늘 이랬다.

"저는 자기관리를…… 거의 못합니다."

이렇게 답변하면 독자님들은 피식 웃으신다. 그 순간에는 나의 치부를 드러내긴 했지만 어쩐지 사람들에게 즐거움을 선사한 거 같아서 기분이 썩 나쁘지 않다. 심지어 타인에게 웃음을 주어 좋은 사람이 된 기분이 든다.

먼저 자기관리가 대체 무엇인지부터 한번 짚고 넘어가고 싶다. 포털 사이트에서 자기관리를 검색했더니 꽤 여러 가지가 나온다. 교육심리학에서의 자기관리는 '자신의 행동을 변화시키려고 행동적 학습원리를 활용하는 것(교육심리학 용어사전, 학지사)'이라고 하는데 잘 모르겠다.

간호학대사전에서는 '일반 사람들이 자기 자신을 위해서 질병의 예방·건강의 유지·증진과 질병의 조기 발견과 아울러 치료를 1차 건강관리 차원에서 행하는 관리과정(간호학대사전, 한국사전연구사)'이라고 나와 있다. 음, 행동 변화를 위해 노력하는 것과 건강을 살피는 것도 자기관리가 맞을 것이다.

세상 사람들이 말하는 자기관리는 이보다 더 범위가 넓은 거 같다. TV와 인터넷과 SNS를 접하며 내가 이해한 바에 따르면, 현대 사회에서는 얼굴과 몸매 같은 외모를 비롯해 내면의 지식이나 외국어 등 자신의 능력을 가꾸어 나가며 시간 관리와 생활 습관, 건강까지 올바르게 관리하는 것을 자기관리라고 부르더라. 이렇게 써놓고 보니 엄청 힘든 일이다. 이렇게 힘든 자기관리가 바쁜 현대인들의 소양이 되고 있다니.

어쨌든 자기관리를 못한다는 나의 답변은 진심이다.

괜히 이러쿵저러쿵 말을 만들어내 자기관리를 잘하는 척하고 싶지는 않다. 나는 자기관리를 못한다. 어느 정도 포기했다.

아마 내가 자기관리를 잘 하는 사람이었다면, 오늘처럼 아침 10시 30분이 넘어서야 컴퓨터 앞에 앉지는 않았을 것이다. 그나마 오늘은 성공한 편이다.

며칠 전, '이제 일어나자마자 침대에서 핸드폰을 붙들고 뒹구는 생활은 그만할 거야!'라고 결심하기 전까지는 아침 11시, 12시까지 침대에서 핸드폰을 붙들고 있었다. 그렇게 뒹굴다가 업무 연락이 와서 어쩔 수 없이 강제 기상 당했다(이번에도 오타가 아니다!).

업무 연락이 오지 않으면 배고파서 일어날 때가 많다. 그렇게 강제 기상 당해서 청소기를 돌리고 메일을 체크하고, 업무 연락에 답장을 하고 나면 점심시간이다. 점심을 먹고 커피를 마시면 시계가 벌써 낮 12시가 지나있다. 아, 이제 일 좀 해볼까?

이런 어영부영한 나날을 보내는 입장이기에 "네! 저

는 자기관리를 이렇게 저렇게 철저하게 합니다! 저만의 노하우죠!"라고 말할 깜냥이 안 된다. 오히려 반성해야 할 수준이다.

이런 날들을 보내면서도 무리 없이 일하며 납품할 수 있는 이유는 아주 간단하다. 평일 오후, 깨어있을 때는 일 외에 할 일이 없다. 저녁에 남편이 오기 전까지 말이다(남편이 오면 같이 놀고 싶다). 살림은 해도 해도 끝나는 법이 없지만, 그렇다고 날마다 대청소의 날은 아니니 일단 점심을 먹고 나면 저녁 8시 즈음까지는 계속 일을 한다. 물론 중간중간 휴식도 가진다.

이런 스케줄도 때마다 달라진다. 일이 좀 많을 때는 아침 9시에 컴퓨터 앞에 앉기도 하고, 일이 적을 때는 오후 4시에 자체 퇴근을 하기도 하며, 그러다가 또 일이 많으면 새벽 1시까지 컴퓨터 앞에 앉아있기도 한다.

심지어 업무에 여유가 있을 때는 1시간 일하고 빨래 한 번 돌리고, 다시 1시간 일하고 책상 먼지를 닦는 패턴도 꽤 발생한다. 이런 건 업무와 사생활을 잘 구분하는 착실한 시간 관리라고 말하기 어렵지 않을까?

처음에는 너무 착실하지 않은 삶이라고 자책했다. 일과 사생활의 구분 따위는 없었다. 너무 되는대로 사는 거 같았다. 하지만 도대체 자기관리를 위해 뭘 해야 하는 걸까. 다이어리는 쓰지 않으며 스케줄러도 쓰지 않는다. 약속에 예민한 프리랜서로 살아왔기 때문에 일정은 거의 다 기억할 수 있으며 메모가 필요하거나 중요한 일은 핸드폰이나 탁상 달력에 작게 표시하는 편이다. 그냥, 늦지 않게 마감 잘하고 남에게 피해만 안 주면 괜찮은 거 아닐까?

이렇다 보니 자기관리라든가 시간 관리에 대한 질문을 받으면 대답하기 곤란하다. 그나마 자기관리라고 할 수 있는 건 스트레칭을 자주 하고 스마트폰을 오래 들여다보지 않도록 '노력'하며(노력한다고 다 되는 건 아니다) 살이 찌지 않도록 일부러 채소를 많이 먹는 정도다.

유일한 시간 관리로 타임타이머라는 시계를 사용하고 있는데, 빨간색 칸이 사라질 때까지 어떻게든 한 가

지 일에 집중하도록 노력하는 편이다. 물론 잘 안 될 때
가 많지만.

자기관리에 대해 훌륭한 답변을 하지 못하는 게 가끔
은 아쉽기도 하다. 하지만 진짜로 자기관리를 못하니
어쩔 수 없다. 그나마 내가 자기관리를 못한다고 말해
도 체면이 깎일 정도로 유명한 사람이 아니라서 참 다행
이다.

앞으로도 한심한 모습을 보여도 괜찮을 수 있도록 길
고 가늘게 조용히 살아야지.

어쩐지 나서서 말하기 쑥스러운 직업

낯선 사람과 만나 자신을 소개해야 할 때 "번역일을 하고 있습니다. 책도 가끔 쓰고요."라고 말할 때가 많다. 내 일에서 번역일의 비중이 크다 보니 일단 "번역일을 하고 있습니다"가 먼저 나온다. 그리고 뒤에 소심하게 "책을 쓰기도 하고요"를 붙여낸다.

그도 그럴 것이 나의 첫 번째 책과 두 번째 책은 번역일에 대한 정보를 전달하는 실용서였다. 문학이나 에세이를 쓴 것이 아니기에 선뜻 '책쓰는 작가입니다'라고 나를 소개하기 어렵다. 이런 마음을 『한 달의 교토』에 녹여 에필로그에 '사실 이 책은 제가 작가로서 쓰는 첫 번째 에세이라 의미가 있으며……'라는 내용을 쓰려고 했는데, 생각해보면 "그러면 실용서 작가는 작가가 아닌 거냐"라는 이상한 말이 될 수 있을 거 같아서 지워버렸다. 실용서 작가도 엄연한 작가니까.

그럼에도 정보 전달이 아닌 글을 아직 제대로 써보지 못했다는 콤플렉스가 마음속 지하 5층 구석쯤에 남아 있는지, 아직도 '작가입니다'라고 선뜻 말하기가 쑥스럽다.

아무튼 이러한 콤플렉스는 앞서 언급했듯이 『한 달의 교토』를 쓸 때도 나타났다. 나름대로 여행 에세이를 표방한 책이었는데, 에세이를 어떻게 써야 할 지 알 턱이 없었다. 에세이를 읽는 건 매우 좋아하는데, 직접 써본 적이 없었다. 다른 교토 여행 에세이들은 어떻게 썼나 슬쩍 들춰보기도 했지만, 혹시 나도 모르게 따라 할까 봐 슬쩍 들춰본 책을 훅 덮어버리기를 반복했다.

에세이를 잘 모른다는 콤플렉스. 전문적인 글쓰기 훈련을 받지 않았다는 콤플렉스가 이번에는 지하 7층에서 스멀스멀 계단을 타고 올라왔다. '내가 글을 잘 쓰는 게 맞나?' '내 글이 과연 책으로 내도 될 정도일까?' 끊임없이 자신을 의심했다.

그나마 다행인 것은 내가 굉장한 기분파라는 점이었다. 이렇게 불안감을 잔뜩 안고 글을 쓰다가도 약 4분쯤 지나면 '에이…… 뭐…… 출판사도 나를 믿으니까 책을 내주는 거겠지' '실용서면 어때, 실용서도 글이 안 좋았으면 진작에 망했겠지' '반드시 전문적인 글쓰기 훈련을 받은 사람들만 책을 내야하는 건 아니잖아?'라는 생각들로 행복 회로를 돌린다.

책이 재미있고 글이 쉽게 잘 읽힌다는 리뷰도 많이 봤으니 그렇게 큰 문제는 아닐 거라며 스스로를 다독인다. 생각해보면 책 열 권을 내든 한 권을 내든, 작가는 작가 아닌가. 이런 생각들 덕분에 지금의 나는 '작가입니다'라고 스스로를 소개할 때 이전처럼 많이 쑥스러워하지는 않는다.

이는 자신을 번역가라고 자처할 때도 마찬가지다. 앞

서 말했듯이 번역가로 자처하기 부끄러워하며, 자신은 대단한 번역을 하는 게 아니라고 말씀하시는 분들이 종종 있다. 생각해보면 "책을 세 권 이상 번역해야 번역가라고 자칭할 수 있습니다!"라는 법이나 규칙은 없다. 번역가 자격증을 따야 번역가라고 할 수 있는 것도 아니다. 그냥 꾸준히 번역일을 하면 번역가 아닐까? 꾸준히 번역을 하고 있음에도 자신을 번역가라고 지칭하기 부끄러워하는 분들을 종종 뵈었는데, 이는 내가 스스로를 작가라고 지칭하기 부끄러워하는 것과 같은 이유일 거라 짐작하기에 그 마음을 이해한다.

　아무래도 회사처럼 '자네는 오늘부터 대리일세!'라고 누가 정해주는 것도 아니고, 번역가나 작가로 발령을 내주는 것도 아니기 때문에 자신을 '난 번역가야!' '난 작가야!'라고 스스로 규정짓는 것이 매우 머쓱하고 부끄러울 뿐인 마음인 것이다. 심지어 나는 프리랜서 생활 초반에 자신을 '프리랜서'라고 소개하는 것조차 무척 부끄러워했다. 반백수 처지에 프리랜서라는 언뜻 세련

되게 들리는 단어를 붙여도 되나 싶었다.

하지만 내가 그 부끄러움에 몇 번이나 도전하여 지금은 조금 괜찮아졌듯이, 다른 분들도 조금씩 배짱을 부려보라고 말씀드리고 싶다. '이것저것 번역하고 있습니다'라든지 '글을 종종 씁니다'라는 말로 슬쩍 소개를 끝내버리고 싶었다면, '번역가입니다' '작가입니다'라는 말에 가끔은 도전해 보라고 권하고 싶다.

사실 '이것저것 번역하고 있습니다'라든지 '글을 종종 씁니다'라고 말하면 상대방이 으레 "그럼 번역가예요?"라든가 "작가예요?"라고 되물어보는 경우가 아주 많기 때문에 어차피 부끄러워질 거, 선수를 쳐서 매를 먼저 맞는 것도 괜찮다는 생각이 든다. 자신을 그렇게 소개하는 것은 스스로를 번역가나 작가로 인정하는 것이기에 자존감 향상에도 도움이 되지 않을까?

자신을 조금 더 치켜세워주는 것도 스스로를 아껴주는 하나의 방법일지도 모른다. 그리고 사실 상대는 번역가건 작가건 별로 신경 쓰지 않을 확률이 높다. 그러니 스스로 조금 더 자신감을 가져보자!

체력과 일

아직 팔팔한 30대인데도 체력이 이전 같지 않다는 걸 느낀다. 20대 때는 밤새 번역하기도 했는데, 30대에는 밤새 번역한 적이 거의 없다. 밤늦게 작업한 적은 더러 있었지만 그다음 날의 후유증이 만만치 않았다.

아무래도 체력이 부족하다고 느껴 운동을 하기도 했다. 내 운동은 주로 작심삼일 스타일로 끝나는데, 그 작심삼일이 꽤 자주 찾아와서 그래도 그럭저럭 괜찮은 텀으로 운동을 지속하는 편이다.

예를 들어, 새해 연초에 1월부터 3월까지 운동을 하고 난 뒤에 질려서 3월부터 5월까지는 운동을 안 하다가

6월 중순쯤에 '여름이니 운동을 다시 해야겠어!'라며 7월 중순까지 하고, 7월 중순부터 10월까지는 '너무 더우니까 운동을 못하겠군' 하며 운동을 쉰다. 그러고선 11월에는 '그래도 잠깐이라도 몸을 움직여야지!' 하고 2주 운동하다가, 11월 말부터 새해까지는 '겨울에는 추우니 움직일 수 없다'라며 운동하지 않는 편이다. 좀 변덕이 심한 편이라고 해야 하나?

그러니 1년 중에 최소한 3개월 정도는 운동을 하는 편이고, 아예 안 하는 사람보다는 아주 조금은 체력이 더 뛰어날 거라고 생각한다. 그래도 20대 때처럼 밤새워서 번역하는 건 엄두도 못 낸다.

20대 때는 어른들이 20대의 체력을 왜 부러워하는지 잘 이해하지 못했다. 하지만 30대가 되니 완전히 이해할 수 있었다. 겨우 나이 몇 살 더 먹었을 뿐인데 이렇게나 체력이 줄어들 줄은 상상도 못 했다. 그리고 30대가 된 지금의 나는 40대를 대비하기 위해 운동을 하려고 노력…… 중이지만 잘 안 된다. 앞에서 이야기한 작심삼

일이 띄엄띄엄 이어지고 있다. 이쯤 되면 꾸준히 운동할 만도 한데, 역시나 똑같은 잘못을 반복하는 것이다.

어쨌든 체력은 중요하다. 계속 일을 해 나가기 위해서도 중요하다. 그리고 일찍 은퇴한다고 해도 체력은 중요하다. 은퇴 후에 열심히 놀아야 하니까. 유럽 여행도 다리 관절이 튼튼해야 갈 수 있다고 하지 않는가.

이러나저러나 체력은 중요하지만, 그걸 알면서도 나는 여전히 꾸준히 운동하지 않는다. 걱정스럽다. 하지만 그렇기에 바로 평범한 사람답지 않은가? 마음먹은 대로 꾸준히 운동하고, 마음먹은 대로 공부도 열심히 하고, 마음먹은 대로 몇백 억대 부자가 되었다면 지금 여기 있을 게 아니라 차세대 위인 열전에 실릴 후보자로 신문에 실렸을 것이다.

'운동을 해야지!'라고 나는 또 언젠가 결심할 것이다. 그러면 다시 한두 달 운동을 할 거라고 느긋하게 예측해 본다. 그리고 또 쉴지도 모르지.

하지만 반복되는 작심삼일 속에서도 어김없이 '더 나

은 인간이 되고 싶다' '운동을 해서 예쁜 몸매와 체력을 가꾸고 싶다'라고 생각하는 것은 몇 번이나 실패해도 다시 도전해 보려는 근성이 있기 때문이라고 스스로를 칭찬해 본다.

아모르 파티

아모르 파티. 원래도 유명한 말이었지만 김연자 님의 노래로 더 유명해진 이 말의 의미는 '자신의 운명을 사랑하라'라고 한다. 얼핏 생각하면 어려울 게 없는 말처럼 느껴진다. 아마 인생이 순탄한 사람일수록 별 감흥 없이 받아들여지지 않을까? 하지만 인생이 고되고 힘든 사람에게 '자신의 운명을 사랑하라'라는 말은 너무 가혹하고 이해할 수 없는 말일 것이다.

나에게는 아모르 파티가 어떤 말일까. 자신의 운명을 사랑하라? 기쁜 일과 힘든 일 모두 운명으로 받아들여라? 하지만 나는 평범하고 심약한 사람이다. 힘든 일은 되도록 멀리하거나 피하고 싶고, 기쁜 일만으로 인생을 가득 채우고 싶다. 힘들고 괴로운 일조차 내 운명으로 받아들이기에는 내 그릇이 그렇게 크지 않다.

역사 속 영웅들처럼 담대하게 자신의 운명을 받아들이는 사람들이 과연 몇이나 될까. 그들은 운명을 받아들였기에 비로소 역사 속 인물로 남았을 것이다. 그리고 나는 역사 속 인물로 기록되고 싶지는 않다. 나의 꿈은 지금처럼 평범한 소시민이니까.

역사 속 인물로 기록된다는 건 정말 버라이어티하고 길이 회자될 만한 삶을 산다는 것인데, 나는 그런 힘든 삶을 받아들일 수 있는 사람이 아니다. 혹여나 역사 속 인물이 될만한 커다란 사건과 조우하면, 지레 겁을 먹고 어촌에 틀어박혀 은둔생활을 할 거라고 확신할 수 있다. (참고로 산속이 아닌 왜 어촌이냐고 묻는다면, 나는 등산을 싫어하고 벌레도 싫어하기 때문이다) 하지만 이렇게 심약한 나는 정작 우울할 때 '아모르 파티'라는 말에 위로받는다.

나 자신이 싫고, 자기혐오에 빠져있을 때 아모르 파티라는 말을 곱씹어보면 기분이 순간 조금 나아진다. 이 우울과 혐오도 모두 내 것이고 내 운명이라고 하니까. 그러니까 어쩔 수 없다. 이런 부정적인 감정들도 나 자신의 일부분이라며 무언가를 포기하는 느낌으로 받아들이게 된다. 차라리 포기했더니 마음이 편해지는 아이러니가 발생하는 것이다.

아마 나처럼 소시민을 지향하는 사람들이 적지는 않을 거라고 짐작한다. 워낙 힘든 세상 아닌가. 그러니 나와 같은 이들에게도 아모르 파티라는 말을 전해보고 싶다.

힘든 일이 있으신가요? 우울하신가요?

아모르 파티, 그것도 당신의 운명일지도 모릅니다. 그러니 어쩔 수 없지만 한 가지, 거의 확실한 사실이 하나 있어요. 지금의 그 우울과 기분은 분명 시간과 함께 지나갈 거라는 거죠. 물론 이렇게 말하는 저도 막상 우울함에 부닥치면 '그게 뭔 개소리야, 난 지금 당장 힘들다고'라며 투덜거릴 겁니다.

하지만 미래의 저를 위해서라도 다시 한번 위로를 건네며 외쳐봅니다. 일단 그 우울을 인정하고 시간이 지나기를 기다리세요. 그러면 어떻게든, 어떻게든 되지 않을까요?

홈웨어 전성시대

　평소에 집에서 일한다. 그래서 유난히 홈웨어에 관심이 많다. 홈웨어는 나의 작업복이자 일상복이다. 그래서 옷 중에서 홈웨어가 차지하는 비중이 남들보다 조금 높은 편이다. 아니, 사실 많이 높은 편이다. 외출복보다는 홈웨어를 꽤 많이 사들인다. 언젠가 남편이 행거에 빼곡히 걸려있는 어지러운 내 옷들을 보고 감탄한 적도 있다. "이 많은 옷이 거의 다 집에서 입는 옷들이라니!"

　내 옷 중 70%는 집에서 입는 옷이다. 나는 지난 몇년간, 최적의 작업복과 홈웨어를 찾기 위해 많은 시행착오를 겪었다. 값비싼 브랜드의 홈웨어도 몇 번 사봤다가,

인터넷에서 저렴한 6천 원짜리 냉장고 바지를 구매해보기도 했다. 인생 대부분의 시간을 함께하는 옷인데 다양한 옷을 입어보며 좋은 것을 골라보고 싶었다.

열심히 몇 번의 시행착오를 거듭하면서 깨달은 나만의 홈웨어 스타일은 이러하다.

첫 번째, 나는 두껍고 폭신한 옷 한 겹을 입기보다는 얇고 살랑살랑한 소재의 반소매 홈웨어를 입고 그 위에 긴팔 카디건을 걸치는 걸 좋아한다. 왜냐하면 세수나 요리를 할 때, 이불에 들어갈 때 카디건만 벗어두면 되니까.

두 번째, 모달이나 리넨, 얇은 면 소재를 선호한다. 모달 소재는 살에 닿는 촉감이 좋고 부드러운 대신, 건조기에 돌리면 쉽게 망가진다는 단점이 있다. 카디건으로는 극세사로 된 것을 좋아한다.

그리고 세 번째. 치마보다는 바지가 좋다. 그래야 활동성도 좋고 침대나 소파에 누울 때도 편하다. 바지는 자신에게 잘 맞는 기장을 구매해야 한다. 만약 나처럼 키가 크다면 외국 SPA 브랜드의 홈웨어 섹션에서 하의를 골라보는 것도 괜찮을지 모른다.

이렇게 열심히 홈웨어를 사들이며 취향까지 파악한 지 몇 년. 2020년이 시작됐고 코로나가 유행했다. 전 국민, 아니 전 세계 사람들이 어쩔 수 없이 집콕 생활을 하면서 집에 대한 관심이 증가하였고 홈웨어와 파자마 시장도 점점 넓어지는 것을 내심 느꼈다.

후후… 이제 홈웨어에 관심을 가지는 사람들이 더 많아진 것이다. 홈웨어 마니아로서 어쩐지 기분이 좋았다. 이제 옷장의 70%가 홈웨어인 사람들이 늘어나 내게도 동지들이 많이 생길 테니까.

편하고 예쁜 홈웨어를 잘 갖춰 입으면 좋은 점이 꽤 많다. 소재가 부들부들해서 피부에 닿는 촉감이 좋다든가, 조이는 부분이 없어서 해파리처럼 둥실 떠다닐 듯 편해서 일할 때도 몸이 가볍다든가.

하지만 그보다 더 강력한 장점이 있으니……. 집에 다른 사람이 잠시 들렀다 갈 때, 굳이 옷을 갈아입지 않아도 된다는 점이 바로 그것이다.

예를 들어 가전 기기를 수리한다든가, 인터넷을 수리하러 기사님이 방문하실 때가 그러하다. 물론, 홈웨어를 입는다고 해도 얼굴을 단정히 꾸미고 예쁘게 차려입은 건 아니라서 추레하긴 추레하다. 그리고 아마 기사님도 집주인이 홈웨어를 잘 갖춰 입든 안 입든, 목 늘어난 여름 티셔츠를 입든 말든 아무런 신경을 쓰지 않을 것이고, 나도 딱히 단정한 회사원처럼 잘 보이고 싶은 생각은 없다.

하지만 스스로 신경 써서 고른 홈웨어를 세트로 입고 있으면 타인에게 추레한 모습을 보여주는 부끄러움의 레벨이 꽤 낮아지며 어쩐지 자신감이 생겨난다. 신기한 기분이다.

그러니 만약 집에서 보내는 시간이 많다면, 홈웨어에도 한번 취미를 가져보기를 추천한다. 꼭 비싼 제품이 아니어도 좋다. 다양한 가격대의 홈웨어를 구매해 보았지만, 집에 오는 다른 사람들이 '왜 항상 그걸 입고 있어?'라고 물을 정도로 내가 제일 잘 입는 옷은 일본 교토 니토리의 세일 코너에서 2,000엔(한화 약 2만 원)에 구매한 극세사 카디건이다. 이젠 내 피부라고 불러도 손색이 없는 카디건이 되었다.

자신의 취향에 맞는 디자인과 좋아하는 소재의 홈웨어를 찾다 보면 언젠가는 정말 '이거다'하는 자신만의 홈웨어를 만나게 될지도 모른다.

어쩔 수 없이 집콕이 일상화된 시대가 되어 아쉽지만, 그래도 이번 기회에 집에 있는 자신과 가족들에게 우아한 홈라이프를 선사해 보는 건 어떠신지 슬며시 제안해 본다.

코로나 시대의 집콕 프리랜서

이 책의 이 파트를 집필하는 지금은 2020년 6월이다. 벌써 6월이라니. 1월 말부터 코로나가 뉴스에 종종 등장하더니 2월부터는 코로나 소식이 모든 뉴스를 장악했고, 전 세계적으로 코로나가 확산되어 이 사태가 끝나질 않고 있다.

사실 코로나 때문에 내 일상이 크게 변하진 않았다. 난 원래부터 집에서 일했고, 외부 약속이 잦지 않았다. 하지만 자발적인 것과 반강제적인 것은 다르다. 평소에 친구들을 자주 만나는 편도 아니었는데 반강제적으로 못 나가게 되니 괜히 친구들을 만나고 싶고, 괜히 평소에는 잘 가지도 않는 카페에 가고 싶고, 괜히 맛집 탐방을 하러 가고 싶고⋯⋯. 이런 사람이 비단 나뿐만은 아니었을 거라 생각한다.

코로나로 재택근무를 하는 기업들이 늘어났다는 소식도 심심치 않게 들려왔다. 온라인 개학도 했다. 이러한 흐름을 바라보니 어릴 때 읽었던 공상 과학 학습만화들이 떠올랐다. 만화에서 예측한 미래 모습에서는 온라인으로 등교하고, 집에서 각자 컴퓨터로 일하고, 자동차가 하늘을 날아다녔다. 내가 성인이 되면 이런 미래가 펼쳐질 줄 알았는데, 서른이 넘도록 실현될 기미가 보이지 않았다. 그래서 그런 꿈같은 일들은 백 년은 지나야 실현될 거라고 생각했다. 그런데 설마하니 전염병 때문에 갑자기 강제 실현될 줄이야. 물론 아직은 자동차가 하늘을 날아다니진 않지만 말이다.

이러한 코로나 시대에 나는 무엇을 할 수 있을지 생각해보았다. 그래서 저명한 미래학자인 제이슨 솅커의 저서, 『코로나 이후의 세계』를 읽었다. 평소의 나라면 이런 무거워 보이는 책은 읽지 않겠지만 이번엔 용기를 내 보았다. 책 초반에 내 눈을 사로잡은 문구가 있었다.

"의료 분야와 공급망 그 이상으로 첨단 기술이 접목된 직업, 원격으로 업무를 처리할 수 있는 직업은 고용 시장에서 상당한 경쟁력과 가치가 있다."

"코로나19로 인해 한 가지 공공연한 비밀이 드러났다. 바로 지식 노동자로 산다는 것. 기술을 통해 원격으로 업무를 처리할 수 있다는 것은 직업 종말의 시기에 살아남는 방법이라는 사실이다."

- 제이슨 솅커, 『코로나 이후의 세계』

원격 근무가 가능한 지식 노동자로 살아가기 위해 나는 어떠한 노력을 해야 할지 생각에 빠졌다. 원격 근무는 기존의 나의 업무처리 방식과 크게 다르지 않아 어려움은 없지만, 내가 지금 가진 능력만으로도 지식 노동자로 계속 살아갈 수 있을지 생각해보게 된다.

굳이 기존에 하던 번역과 책 쓰기만으로 범위를 한정할 필요는 없지 않을까. 무엇을 배워야 할지, 무엇을 배운다 한들 습득해서 사회에서 활용할 수 있을지 걱정이 되기도 하지만, 그나마 내 인생에서 나는 지금이 제일 어리다는 점을 위안으로 삼아 용기를 내보려 한다.

불안정한 프리랜서의 삶을 자발적으로 택했으니, 불안정함을 메울 수 있도록 노력하여 끝까지 프리랜서로 살아남아 보고 싶다.

힐링 에세이와 노력에 관하여

한창 서점에 힐링 에세이가 진열되던 시기가 있었다. 물론 지금도 그 에세이들은 변함없이 서점의 매대를 차지하고 있다. 현실에 지친 사람들이 책을 통해 위로받고 싶어 하는 욕구가 서점의 매대에 반영된 것이라 생각한다. 힘을 내어 열심히 일하고 공부해도, 노력하는 만큼 결과가 나온다고 딱 잘라 보장할 수 없는 게 현실이다. 내가 생각하는 최선과 주변 사람들이 생각하는 최선이 다른 경우도 수두룩하다. 힐링 에세이는 이러한 혹독한 현실에 지친 사람들의 마음을 토닥여주는 고마운 존재라고 생각한다.

하지만 가끔은 이러한 힐링 에세이의 부작용이라고 생각할 법한 상황에 부닥친다. 내가 읽어본 힐링에세이의 내용들은 자기 자신에 초점을 맞추고 있었다.

'너무 힘쓰지 않아도 되며, 긴장을 풀고, 남과 경쟁하려 하지 말고 자신이 원하는 일을 하며, 남의 시선을 신경 쓰지 말고 자기 자신을 소중히 하라'

맞는 말이다. 나도 이 내용들에 공감하며 위로받는다. 하지만 이 내용을 무분별하게 적용해서는 안 될 것이다.

힐링 에세이의 진짜 내용을 파헤쳐보자면 '너무 힘쓰지 않아도 되며 (그러나 대충하라는 건 아니고), 긴장을 풀고 (하지만 긴장이 필요한 상황에는 긴장을 해야 할 것이며), 남과 경쟁하려 하지 말고 자신이 원하는 일을 하며 (그렇다고 모든 경쟁을 포기하라는 건 아니며) 남의 시선을 신경 쓰지 말고 (사회적 규칙을 무시한 채 제멋대로 굴라는 말은 절대 아니며) 자기 자신을 소중히 하라 (타인이 자신을 소중히 여겨주지 않는 건 또 다른 문제다)'일지도 모른다.

특히 '자기 자신을 소중히 하되, 타인이 자신을 소중히 여겨주지 않는 건 또 다른 문제다'라는 생각은 프리랜서로 살아가는 사람이라면 어느 정도 유념했으면 좋겠다.

프리랜서든 회사원이든 업무를 진행할 때, 상대방에게 메일 답장이 오지 않으면 초조하고 궁금해진다. 그 마음은 이해한다. 하지만, 그건 내게 중요한 일이고 그 사람에게는 조금 천천히 하고 싶은 일일 수 있다. 상대방이 나를 무시해서 그런 것이 아니다. 그저 상대방에게는 그 사람만의 속도와 계획이 있기 때문이다.

나는 때때로 프리랜서 번역가로 일감을 얻는 방법에 관한 질문을 받는다. 그 질문들 중에, 산업 번역 프리랜서로 번역회사에 등록한 지 한 달이 지나도 연락이 없어서 고민이라는 이야기가 종종 있다. 이에 답변할 때마다 자주 하는 이야기가 있는데, 바로 "기다리시고, 신경 쓰지 마세요"라는 이야기다. 정작 이렇게 말하는 나도, 성격이 급한 편이다.

하지만 프리랜서로 번역일을 할 때는 그 성격을 많이 누그러트린다. 그래야 내가 편하다. 내가 일과 관련해 자주 받는 또 다른 질문은 "이력서를 넣었는데 연락이 없어요" "번역회사에 등록되었는데 일을 안 줘요" 등이다. 그때마다 나는 "기다리세요. 그리고 연락이 오지 않을 수 있으니 신경 쓰지 마시고 다음으로 할 수 있는 일을 하세요."라고 답한다.

이렇게 말하는 이유는 간단하다. 내게는 나 자신이 제일 중요하지만, 번역회사나 다른 사람들에게 나는 수많은 인력 중 하나에 지나지 않기 때문이다. 내가 엄청나게 공을 들여서 쓴 소중한 이력서도 클라이언트에게는 그저 수많은 이력서 중 한 장에 지나지 않는다. 서글픈 사실이지만, 모두 이를 알고 있을 거라 생각한다.

자신에게 중요한 일이 타인에게는 전혀 중요하지 않은 일이 될 수 있다는 것을, 서운해도 인정했으면 좋겠다. 물론 서운한 건 깊이 공감한다.

조금 답답하더라도 그 마음을 조금 내려놓고 상대방

의 속도를 기다리자. '그 사람에게 중요한 다른 일이 있겠거니'라며 이해해보도록 노력하자. 상대방이 아무런 이유 없이 늑장을 부리고 심술을 부리는 경우도 있긴 있을 것이다. 하지만, 그런 경우가 아니라면 조금 기다려줬으면 좋겠다.

아무리 답답해도 상대방에게 자신의 속도를 강요할 수는 없는 노릇이니, 차라리 마음을 비우는 편이 자신에게도 좋지 않을까.

사실 힐링 에세이는 과도하게 최선을 다한 결과 번아웃이 온 사람들을 대상으로 한 책이라고 생각한다. 과부하가 걸린 현대인들을 위로하는 책이라는 점에는 깊이 공감한다. 하지만, 평소에 최선을 다하지 않았으며 무언가를 노력해본 적도 없고 그럴만한 사정이 있지도 않은 백수가 '남들과 경쟁하지 않고 자신을 소중히 여기며 천천히 가자'라는 내용의 힐링에세이를 자신에게 적용하려 드는 건 조금 위험할지도 모르니 유념하자.

좋아하는 일도 좋지만

살면서 내가 글에 재능이 있다는 생각은 해본 적이
없었다. 음, 정정한다. 아예 없진 않았다. 학창 시절에
는 내가 글을 잘 쓴다고 믿었다. 하지만 글짓기 대회에
서 한 번도 수상한 적이 없어서 대학에 들어갈 때쯤에는
'글은 그럭저럭 쓸 수 있지만, 이 정도는 그리 잘 쓰는 편
은 아닌가 보다'라고 생각했다.

하지만 쓴 책들의 반응이 내 생각보다 나쁘지 않았고,
그때부터 스스로 최면에 걸려 '나도 몰랐는데 내가 글을
잘 쓰나 보다'라고 종종 생각한다. 사실, 잘 쓰지 못해도
크게 상관없는 거 같긴 하다. 글을 잘 쓰고 못쓰고가 중

요한 게 아니라, 재미있고 좋은 글을 꾸준히 쓰는 게 더 중요하지 않을까? 글쓰기 실력은 노력하면 향상될 수 있으니까 말이다.

어쨌든 이러니저러니 해도 일단 글 쓰는 일을 하며 살고 있다. 내가 글쓰기를 잘해서 이렇게 된 거라고 생각하진 않는다. 그냥 '번역과 글쓰기로 돈을 벌고 싶어'라고 생각했고, 그러기 위해 지금도 노력 중이다. '돈보다는 하고 싶은 일을 쫓아라' '하고 싶은 일을 하면 돈은 자연스레 따라온다'라는 말을 꽤 많이 들었는데, 해당되는 사람들도 많을 거라 생각하지만 나의 경우는 조금 달랐다.

내가 무척 좋아하는 일이 번역과 글쓰기였으면 참 좋았겠지만, 아무런 보상과 목표 없이 계속 글을 쓸 수 있을 정도로 나는 글쓰기를 좋아하는 사람이 아니었고, 취미로 책 한 권을 번역할 정도로 번역을 좋아하는 사람도 아니었다.

사실 나는 좋아하는 일을 해본 적이 있다. 그것도 두

번이나. 나름 긴 기간 동안 내가 하고 싶은 일, 좋아하는 일을 스스로 선택해서 해보았다.

첫 번째는 미술이었다. 중학교 때부터 엄마를 졸라 미술학원에 다녔고, 3년 동안 미대 입시를 했다. 그리고 가군, 나군, 다군에 모두 떨어졌을 때, 그제야 내가 외면하고 있던 진실을 마주했다. 나는 미대 입시생 중에 그림을 잘 그리는 편은 아니었다. 미술을 좋아했고 그림을 무척 잘 그리고 싶었다. 그래서 노력했지만 안타깝게도 노력은 성공으로 이어지지 않았다. 지금도 그렇지만 그때도 내 노력이 부족했다고는 생각하지 않는다.

'노력이 부족한가?'라는 생각이 들 때면 조금 더 노력했고, 계속 노력했다. 하지만 결국엔 노력한다고 다 그림을 잘 그리게 되는 건 아니었다. 이렇게 중요한 사실을 가군, 나군, 다군에 다 떨어지고 나서야 깨닫다니.

나는 패배감에 절여진 채로 2년 동안 예대를 다녔고, 예대에서도 다른 이들의 '특별함'이 있는 작품을 보고 '아, 이런 게 재능이라는 거구나'하고 잊을 만 하면 씁쓸

함을 수시로 맛봤다.

미술을 좋아했고 열심히 했지만, 돈이 따라올 기미는 잘 보이지 않았다.

이때 나는 '좋아하는 것'과 '돈'은 별개일지도 모르며 꼭 세트로 따라오진 않는다는 사실을 어렴풋이 깨달았다. 하지만 힘들었던 대학 편입 후, 졸업을 앞둔 마지막 학기에 나는 비슷한 선택을 반복했다.

대기업에 가고 싶었지만 대기업에 갈 스펙이 아니었기에 '그렇다면 내가 평소에 좋아하는 분야로 취직을 해보자'라는 생각을 했다. 초등학교 때부터 대학교 때까지 컴퓨터 게임하는 걸 좋아해서 게임 회사 쪽으로 눈을 돌렸고, 게임 운영자로 취직했다. 이때도 좋아하는 일을 선택했다.

게임 운영자로는 고작 1년밖에 일하지 않았다. 하지만 1년 동안 일하면서 나는 이전보다 게임을 잘 즐기지 않게 되었다. 좋아하는 것을 직업으로 삼았더니 오히려 좋아하는 것에 질려버린 케이스였다. 잘하고 싶은 욕심은 있었지만 굳이 퇴근 후 쉬는 시간에 게임을 해보고 싶은 생각이 들지 않았다. 게임은 내 안에서 확고한 '일'이 되고 말았던 것이다. 심지어 일도 잘하지 못했다. 못했기 때문에 더 힘들어했던 거 같다.

이 두 가지 경험을 토대로, 나는 좋아하는 일을 직업으로 택하는 게 누구에게나 정답은 아닐지도 모른다고 판단했다. 사람의 마음은 변덕을 부린다. 언젠가 똑똑한 친구가 '좋아하는 일을 선택했다가 그 일이 싫어지면 어떻게 해?'라고 말했는데, 그 말 그대로 되고 말았다.

지금 당장 좋아하는 일을 직업으로 선택했을 때, 과연 그 일을 앞으로도 계속 좋아할 수 있을지, 취미가 아닌 일로서 마주할 때도 질리지 않을지는 모를 일이다. 평소에 피자를 좋아하는 사람 중에 세 끼 내내 피자만 먹어도 계속 버틸 수 있는 사람은 드물 거라 예상한다. 아마 일 년 동안 삼시세끼 피자를 먹어도 전혀 질려하지 않는 사람이야말로 피자를 주식으로 삼아도 후회하지 않으며, 피자를 굉장히 사랑하는 사람이라고 인정할 만

하지 않을까?

　좋아하는 일을 직업으로 삼았을 때 그 일이 질리거나 싫어질 가능성은 꽤 있다. 좋아하지만 실력이 늘지 않는다거나, 남들에 비해 재능이 부족하다는 것을 실감하게 될지도 모른다. 하지만 다른 관점으로 직업을 선택하고 경력을 쌓다가 만약 자신이 선택한 일을 잘하게 된다면, 그 일을 좋아하게 될 가능성이 크다. 일을 잘하면 주변의 칭찬을 받고 인정받게 되니 성취감도 느끼게 될 것이다.

　그래서 나는 좋아하는 일보다는 차라리 확실한 보상을 얻는 쪽을 선택했다. 여기서 말하는 확실한 보상은 금전적인 부분만을 의미하는 것은 아니다. 내가 원하는 라이프스타일까지 모두 포함된다. 집에서 일하고 싶었고 시간을 유동적으로 조절하고 싶었다. 이 두 가지는 번역일을 할 때 내가 얻을 수 있는 무엇보다도 확실한 보상이었다. 모처럼 익힌 일본어를 활용하고 싶었고 직업적으로 글을 쓰고 싶었다. 그래서 결론적으로 번역가

겸 작가를 선택했다.

내 전략은 지금까지는 나름 성공했다. 누군가가 마블 신작 영화를 보는 것과 책 한 권을 취미로 번역하는 일 중에 뭐가 더 좋냐고 묻는다면 당연히 마블 신작 영화를 보는 걸 택할 정도로 번역에 폭 빠진 사람은 아니다. 하지만 수많은 돈벌이 일 중에 하나를 선택해야 할 경우, 나는 번역이 제일 좋다.

앞으로 내 마음이 어떻게 변할지 모르지만 이 글을 쓰는 2021년 현재까지는 그렇다.

나 그거 잘해!

보통 업무적인 이력서에는 자신의 강점을 쓴다. 토익을 900점 맞았다든가, 일본어 능력 시험 1급을 땄다든가 하는 것들 말이다. 나름 검증된 능력들로 자신이 훌륭한 인재임을 어필한다. 면접에서도 마찬가지다. 자신의 특기가 무엇이며 어떤 능력을 갖췄는지 이야기한다. 하지만 아이러니하게도 우리는 겸손을 미덕으로 배우며 자라왔기에 자기 능력을 대놓고 뽐내는 걸 종종 부끄러워한다.

프리랜서에게는 잘하는 것을 어필하고 자신을 세일즈하는 능력이 나름 필요하다. 프리랜서는 회사에 속해 일하는 사람이 아닌 개별로 움직이는 용병이기 때문에 '내가 이 분야에서 이만큼 전문성이 있다'라고 어필해야 일감을 획득할 수 있기 때문이다. 전문성은 없지만 잘 가르쳐주신다면 열심히 하겠다는 구호는 신입사원 면접에서는 통할지 몰라도 프리랜서에게는 전혀 어울리지 않는 문구이지 않을까. 회사에서 프리랜서를 고용하는 건, 단발성으로 경험치 있는 전문가를 쓰고 싶다는 뜻이기 때문이니까.

그러므로 프리랜서라면 자신이 잘하는 것을 어필할 줄도 알아야 한다고 말하고 싶다. 그러니 한번 생각해 보면 어떨까? 위에서 이야기한 '전문가' 같은 능력도 좋지만, 처음부터 자신의 전문가적인 면모를 찾는 건 너무 거창할 수 있으니 일단 정말 소소하고 사소한, 별거 아닌 듯한 능력부터 찾아보자.

혹시 누군가가 갑자기 "어떤 특기를 갖고 계십니까?"라고 물으면 뭐라고 대답할까? 웃기게도 평소에 나는 수시로 이 질문에 대한 답변을 찾고 있다. 그리고 내가 무엇보다도 자신 있게 대답할 수 있는 답변은 다음과 같다.

"저는 모자가 굉장히 잘 어울립니다. 특히 순정만화의 여주인공이 휴양지에서 쓸 법한 챙이 굉장히 넓은 밀짚모자가 잘 어울리는 능력이 있습니다. 정말 잘 어울립니다."

"지하철 1호선의 연속된 16개 역을 외울 수 있습니다."

"고추잡채를 맛있게 만들 수 있습니다."

언뜻 보면 '그게 무슨 특기야?'라고 할 수도 있겠다. 하지만 난 이렇게 '대놓고 말하기 뭐하지만 자신 있게 말할 수 있는 특기'들이 꽤 중요하다고 본다. 일상생활 속에서 이와 관련된 주제가 나오면, 나는 아주 당당하게 "나 그거 잘해!"라고 외친다. "나 그거 잘해!"라고 외칠 때는 아주 자신감에 가득 차 있다.

그러면 상대방은 "어디 한 번 해봐"라며 킥킥거린다. 꽤나 자신감 있고 당당하게 그 실력을 선보여주면, 상대방도 인정할 수 없게 된다. "올ㅋ 진짜 밀짚모자가 잘 어울리는데ㅋ"하면서.

이런 경험을 몇 번 하다 보니 "나 그거 잘해!"라고 당당하게 외칠 수 있는 것들이 몇 가지쯤 있는 건 꽤나 괜찮은 일이라고 생각하게 되었다. 그래서 여러분에게도 추천하고 싶다. "나 그거 잘해!"라고 당당하게 외칠만한 것들을 한번 생각해보는 건 어떨까? 영어를 잘한다든가, 굴삭기 자격증을 가지고 있다든가 하는 뛰어난 능력이 아니어도 된다.

예를 들어 다른 사람들의 물욕을 솟구치게 하는 영업력이 있다든지, 샤이니의 노래 '셜록'의 랩 부분을 꽤 잘부른다든지 하는 것들 말이다. 그걸 어디에다가 써먹냐고 할 수도 있겠지만 노래방에서 분위기를 띄울 때 써먹을 수도 있고, 굳이 써먹지 않더라도 '난 그거 잘해!'라고 확신에 찬 한 가지를 갖고 있다는 것만으로도 인생이 발톱만큼 더 뿌듯해진다.

간혹 "나 그거 잘해!"라고 당당하게 말할 수 있다고

생각했던 일들을 주변에서 박하게 평가할 수도 있다.

나는 잘한다고 생각했는데, 주변에서는 "에이 그게 뭐야~"라는 반응을 보일 수도 있다. 사실 이런 경우는 거의 없긴 하다. "나 그거 잘해!"라고 당당히 말할 수 있다는 것은 스스로 아무리 생각해도 꽤 괜찮다고 생각하는 일이니까.

하지만 그럼에도 남들의 평가가 자신의 기대에 미치지 않을 때가 아주 간혹 발생한다. 그럴 때 부디 꿀리지 않길 바란다. "나 그거 잘해!"에는, "나 그거 잘해!(나 스스로 이 일을 엄청나게 잘하는 거 같아서 뿌듯해!)"라는 괄호 안의 내용이 포함되어 있으니까.

남이 칭찬해줘서 뿌듯한 게 아니라, 자신이 생각하기에 뿌듯한 행동이기에 누군가에게 피해만 안 준다면 남이 어떻게 보든 신경 쓸 필요가 없다. 그리고 샤이니의 '셜록' 랩 파트 같은 건 남들이 보기에 좀 미숙해도 웃음을 줄 수 있을지도 모르니 어쨌든 괜찮지 않을까?

그러니 "나 그거 잘해!"라고 외칠 수 있는 무언가를

생각해보는 것도 나쁘지 않겠다. 스스로를 뿌듯하게 생각하는 자신감 넘치는 사소한 일들이 하나쯤은 있을 것이다. 예를 들면 화장실 세면대의 물자국을 굉장히 잘 없앤다든가 하는 것 말이다.

언젠가 인터넷에서는 그릇에 랩 씌우기를 정말 잘한다는 글도 있었다. 사진을 보니 그릇 옆부분을 보지 않으면 정말 랩을 씌우지 않았다고 착각할 정도로 굉장한 래핑 실력이었다. 그러니 자신의 능력을 한번 생각해보는 게 어떨까?

'이런 건 남들도 다 할 줄 알지 않을까?'라고 생각하지 않았으면 좋겠다. 누구랑 경쟁하는 것도 아니니까. 이런 일들을 하나하나 생각해보고 쌓아간다면 분명 자존감 형성에도 큰 도움이 될 거라 믿는다. 그러니 자신을 위해 '정말 소소하고 별 건 아니지만 자신이 잘하는 일'을 생각해 보았으면 좋겠다.

세상은 정말 어떻게든 돌아간다

　참 놀랍게도, 나는 얼마 전까지 세상이 톱니바퀴와 퍼즐처럼 잘 짜여 있다고 믿었다. 불과 몇 년 전까지만 해도 말이다. 몇 월 며칠 몇 시까지 파일을 보내는 일을 8년 넘게 혼자 해오고 있으며 그 약속을 깨트린 적이 적으니 그렇게 생각할 만하지 않을까? 그렇게 세상일들이 대체로 명확하게 약속되어 돌아간다고 생각하며 살아왔다.

　하지만 최근 몇 년에 걸쳐 세상이 그렇게까지 정교하지 않다는 것을 알게 되었고, 그때마다 조금 쇼크를 받았다.

그중 하나는 내 결혼식이었다. 사람은 생애에 걸쳐 대개 1번의 결혼식을 올린다. 트럼프 미국 전 대통령이나 영화배우 데미 무어처럼 결혼을 3번씩 하는 사람들도 있지만 일단 한 번이라고 쳐본다.

그 평생 한 번뿐인 결혼식을 앞두고 신부대기실에 곱게 앉아있었을 때, 나는 굉장히 초조했다. 결혼식을 앞둔 신부가 여러 가지 감정으로 초조한 건 당연하겠지만, 그때 당시 나는 한 가지 문제가 굉장히 신경 쓰여서 초조함을 감출 수 없었다. 그도 그럴 것이 그때까지 예식장에서는 내 예식 순서를 물어보지 않았기 때문이다.

'예식 순서가 별것이 있냐, 그런 건 신랑 신부밖에 기억하지 않는다'라고 말할지도 모르겠지만, 바꿔 생각하자면 신랑 신부에게는 굉장히 중요한 일이란 이야기이다. 예식에서 예물 교환을 하는지 안 하는지, 샴페인 샤워를 하는지 아니면 플라워 샤워를 하는지, 축가는 몇 명이 진행하는지, 주례를 서는지, 누가 덕담을 해주시는지, 혹시 축하 연주가 있는지 등등……. 놀랍게도 이 모든 것이 결혼식마다 다르다.

예식장 계약을 할 때 플라워 샤워 등의 진행 여부를 체크하지만, 예식장 계약은 몇 달 전의 일이었다. 나는 몇 번이나 식순은 확인했냐고 물었고, 예식장 관계자들은 조금만 기다리라고 했다. 리허설도 없이 식을 진행하는 것도 불안했는데 식순 확인이 생각보다 늦어지니 초조했다.

그리고 신부 입장을 20분쯤 남겨두었을까. 우리가 정한 예식 순서가 적힌 종이를 예식장 관계자가 받아 갔다. 하지만 내 머릿속은 의문으로 가득 찼다. 뭐야, 정말 괜찮은 거야? 신부 입장 시간이 20분도 안 남았는데, 정말 여기 직원들, 식순대로 진행할 수 있는 거야? 정말?

결국 결혼식은 몇 분 지나지 않아 시작되었고, 내 머릿속은 반쯤 패닉이 되어 '에라 모르겠다'라는 상태가 되었다. 그리고 놀랍게도 결혼식은 아~무런 문제도 없이 미리 짜둔 식순대로 착착 진행되었다.

생각해보면 예식장 관계자들은 베테랑이고, 결혼식

은 그들이 매주 하는 일이니 문제가 없을 만도 했다. 그래도 평소에 걱정이 많은 내게는 이 일이 꽤 충격적이었다. 아니, 어떻게 예식장 관계자들이 20분 전에 식순을 확인했는데도 완벽하게 결혼식이 진행된 거지……?

이후에도 이런 일은 종종 있었다. 식탁 조명을 설치할 때의 일이었다. 설치 기사님께서 방문 설치를 해주셨는데, 사용에 큰 불편함은 없지만 조금 어긋나는 부분이 있어서 수리 기사님께 다시 살펴봐 주실 수 있으신지 전화를 드렸다. 그랬더니 기사님께서 "알겠습니다, 그럼 그쪽 동네 갈 일 있을 때 연락드릴게요."라고 말씀하셨다. 그리고 나는 살짝 충격을 받았다.

아니, '이쪽 동네 올 일이 있을 때'라니, 도대체 그게 언제란 말이지?! 당연히 이해는 했다. 큰 작업도 아니고, 서비스로 봐주시는 부분이니 기사님 입장에서는 따로 시간을 내시기 번거로울 게 당연했다. 하지만 불분명한 약속에 면역되지 않은 내게 '이쪽 동네 올 일이 있을 때'는 머리로 이해가 잘되지 않는 타임라인이었다.

나는 소심하고 조심스럽게 "죄송하지만 언제쯤 오실수 있으신지 대략적이나마 말씀해 주시면……."이라고 말을 덧붙였고, 그제야 기사님께서는 "이번 주 안에는 해드릴게요."라고 답변을 주셨다. 나는 "네, 알겠습니다."하고 대화를 끝냈다. 그리고 놀랍게도 기사님은 그 다음다음 날 오셔서 조명을 봐주셨다. 이때도 나는 '세상은 미리 뭘 하지 않아도 어떻게든 돌아가는구나'라는 것을 깨달았다.

세상이 어떻게든 돌아간다는 것을 본격적으로 깨닫게 된 계기는 단연코 운전이었다. 장롱 면허였던 나는 얼마 전, 운전 연수를 받으며 실전 운전에 도전했다. 이제는 가까운 거리 정도는 슬슬 운전하며 다닌다. 그리고 운전을 할 때마다 정말 세상은 어떻게든 돌아간다는 것을 실감한다.

도로 위는 정글이다. 날쌘 사람도 있고 느린 사람도 있다. 자칫하면 사고가 날 수 있으며, 사고에 따라 죽느냐 사느냐가 걸려있다. 그리고 그 사고가 언제 날지는 아무도 모른다.

그럼에도 운전자 대부분은 어떻게든 목적지까지 도달하고 어떻게든 주차를 한다. 공식대로 주차하든, 앞으로 갔다 뒤로 갔다를 20번쯤 반복하든 주차를 해낸다. 만약에 평행 주차에 자신이 없는데 평행 주차를 할 공간밖에 남지 않았다고 한들, 어떻게든 차선책을 찾아 주차를 마치고 목적지까지 간다. 진짜 신기하다. 아마 제각각 성격과 개성은 달라도 모두가 한마음으로 '사고를 내지 않고 목적지까지 가기'라는 같은 목표를 갖고 있기에 가능한 일일 것이다.

이런 일들을 생각해보니 굳이 빡빡하게 굴 필요가 없는 거 같아서 최근에는 상대방이 약속을 대강 잡아도 전보다 초조하지는 않다. 내가 초조하든 말든 세상은 어떻게든 굴러가니까. 물론, 아직도 시간 약속을 명확하게 잡는 편을 확실히 더 좋아하긴 하지만 말이다.

정해진 시간까지 요구받은 파일을 보내는 일에 익숙하긴 하지만, 생각해보면 사실 나도 그렇게까지 섬세한 삶을 사는 건 아니다. 친구들과의 약속을 잡을 때, "그럼 다음 달쯤에 한번 보자~"라고 말하기도 하고, 당일 번개 만남을 가질 때도 많다. 약속을 잊어버리거나 약속 시간에 늦는 일도 당연히 있다. 그렇게 빡빡하게 구는 것에 비해 결국 나도 그렇게 명확한 사람은 아닌 것이다!

그러니 앞으로도 '그래도 어떻게든 굴러갈 거야!'라는 생각에 기대어 초조함을 조금 내려놓고, 걱정으로 찌푸려진 미간을 피려고 노력하고 싶다.

건강을 염려하다

평소에 건강을 자주 염려한다. 건강염려증이라고 정의내릴 정도는 아닌 거 같지만, 그래도 내가 건강에 대해 걱정하기 시작하면 주변 사람들을 들들 볶아 대니 이만저만 폐가 아닐 수 없다. 그리고 그 대상은 보통 엄마와 남편이다(심할 땐 아빠도 포함된다). 내가 건강을 걱정하기 시작하면, 엄마와 남편은 괜찮으니 정 걱정이 되면 병원에 가보되, 미리 걱정하지 말라는 소리부터 한다. 건강 걱정 때문에 작은 소란을 일으킬 때마다 상대해준 그들에게 이 자리에서 미안하다고 얘기하고 싶다.

사실 나는 건강 외에도 모든 일에 남들보다 걱정이 많

은 편이긴 하다. 하지만 걱정 중에 제일 큰 걱정은 역시 건강이다. 아무리 돈이 많고 능력을 갈고닦아 능력자가 된다 한들, 건강이 없으면 모든 것이 무용지물이다. 그러니 건강을 걱정하는 건 당연하지 않을까?

어쨌든, 내 건강 걱정은 보통 이런 식이다. 여느 때처럼 아침에 일어나서 영양제를 몇 알 챙겨 먹고 커피를 내렸다. 컴퓨터 앞에 앉아서 이것저것 확인해보며 커피를 마시고 있다 보니, 어라? 어쩐지 위가 쓰리다. 사실 생각해보면 당연하다. 빈속에 비타민C를 비롯한 영양제와 커피를 들이부었으니 당연히 위가 쓰릴 수밖에 없다. 그래, 위가 비명을 지를 만도 하지. 내심 납득하며 고개를 끄덕이는데, 이럴 수가, 통증이 좀 더 심해진다.

그러고 보니 며칠 전에도 이랬던 거 같다. 그때도 속이 쓰렸는데 집에 있는 위장약을 하나 먹고 좀 나아졌다. 오늘도 위장약을 먹어볼까? 아, 하지만 이대로 그때그때 위장약만 먹는 게 능사는 아닌 거 같다. 나도 이제 삼십 대 중반이니까. 그러고 보니 위내시경은 언제

했지? 아, 다행히도 작년에 했구나. 그때는 별 이상 없다고 나왔는데. 하긴 이번에도 위염일 뿐일 거야. 그런데 위염을 계속 놔두면 위궤양으로 발전하고 그러다가 더 나빠지면……? 안 되겠다. 내일쯤 바로 병원에 가야지…….

이런 생각들이 꼬리에 꼬리를 물어 그날 바로 병원에 가는 경우가 종종 있다. 만약 그날 병원에 가지 않는다면 생각이 더 깊어져 저녁 식사로 이미 죽을 먹으며 자극적인 음식을 피하고 내일 아침에 병원문이 열리자마자 달려가야겠다는 결심과 함께 잠이 든다.

이런 걱정 덕택에 평소에도 자주 병원을 찾는 편이다. 그나마 다행인 것은 포털사이트에서 건강염려증을 검색해서 체크해 보니, 아주 심각한 건강염려증까지는 아닌 거 같아서 살짝 안도감이 든다. 그래, 내 건강 걱정은 누구나 한 번쯤 할 만한 수준의 걱정이다. 다행이다. 또 내가 건강염려증이 아닐지 걱정하고 말았다.

물론 나만 이런 걱정을 하지는 않는다. 그러고보니 남

편도 그러했다. 작년 쯤에 남편이 몸 이곳저곳이 안 좋다며 인터넷으로 증상을 검색하고 체크해본 결과, 당뇨 초기 증상과 똑같았다. 그래서 다음날 바로 병원에 가서 피검사를 받아보니, 다행히도 당뇨 근처도 아닌 수치여서 해프닝으로 끝났다. 원래도 인터넷으로 증상 검색이나 자가 진단은 삼가고 있었지만, 그때를 계기로 앞으로도 계속 삼가며 걱정을 줄이는 편이 좋겠다고 잠깐 생각했다.

하지만 건강 걱정을 끊을 수 없는 일도 종종 일어난다. 정말 병이 있을 때다. 그저 알레르기성 결막염을 의심하며 병원에 갔는데, 더 검사해보니 망막에 구멍이 뚫려있다거나 한다면 그야말로 패닉에 빠지는 것이다. 이러면 내심 자신의 걱정에 신뢰를 더한다. 그것 봐, 내가 뭐랬어. 어쨌든 빨리 병원에 오길 잘했잖아. 잘못하다간 계속 모르고 살 뻔했네……. 이렇게 건강을 걱정하는 행위가 타당성을 얻게 되고, 계속 건강을 걱정하며 살아간다. 이러면 곤란한데.

그나마 다행인 점은 이런 일은 그리 자주 일어나지 않는다. 건강을 쉽게 걱정하는 데다가 바로바로 병원에 가는 타입이라면, 그만큼 평소에 진료를 많이 받는 편이라는 이야기다. 그러니 반드시 그런 것은 아니지만 갑자기 심각한 병을 발견할 확률도 다른 사람들에 비해 낮다고 할 수 있다.

걱정 때문에 진료를 자주 받아 묵혀둔 병이 없어서 그런가, 사실 건강 걱정을 잘하는 내가 병원에 가면, 대부분 '가벼운'이라는 수식어가 붙을 때가 더 많다. "가벼운 장염이군요"라든가 "가벼운 알레르기성 결막염이군요"라든가. 그리고 대개 일주일 안쪽으로 치료가 끝난다. 약 처방도 받지 않고 그냥 진료만으로 끝나는 경우도 종종 있다. "별 이상이 없습니다" "자연스레 회복되는 경우가 많으니 추이를 지켜봅시다"라는 소견을 듣는다. 그렇게 진료비만 내고 나온다.

희한하게도, 진료비만 내고 병원문을 나서면 기분이 약간 미묘해진다. 특별한 염증이 있는 게 아니라서 참 다행이다. 하지만 그렇다면 나는 왜 이상을 느꼈던 거지? 괜히 진료비만 냈네. 그렇게 묘한 느낌으로 집으로 가서 "응, 별 이상 없대"라고 가족에게 보고하고, "다행이네"라는 답을 들은 뒤 평소처럼 해야 할 일을 하다 보면 언제 그런 이상을 느꼈냐는 듯이 몸이 괜찮아진다. 심지어 이상을 느꼈던 사실조차도 빠르게 기억 저편으로 사라진다.

어쨌든 건강 걱정을 하는 게 심리적으로는 좋지 않으니, 걱정을 덜하려고 힘써 보기도 했다. 하지만 힘쓴다고 해서 건강 걱정을 안 하게 되는 건 아닌 거 같다. 방의 불을 켰다 끄는 것처럼 쉬운 일이 아닌 것이다. 의도치 않게 스멀스멀 올라오는 걱정을 떨쳐내는 건 정말 어려운 일이며, 걱정을 떨쳐내려다 오히려 스트레스를 받을지도 모른다.

그러니 내가 생각한 결론은 이러하다. 이왕 건강을 걱정하는 타입의 인간이 되어버렸다면, 그리고 자신이 건강을 걱정하는 행위가 남들에게 폐를 끼칠 정도로 유난스럽지도 않은 정도라면 걱정을 덜하려고 굳이 노력하기보다는 그냥 살아가는 게 편하지 않을까 싶다. 어차피 그냥 평범하게 살아가기에도 힘들고 험한 세상이며 노력한다고 만사를 다 이룰 수 있는 건 아니지 않은가.

왜 걱정하는 것까지 그놈의 노력을 해야 하나 싶기도 하다. 차라리 빨리 병원에 달려가서 걱정거리를 해치워버리는 편이 걱정하지 않으려고 노력하는 것보다 인생 전체적으로 볼 때 합리적인 일일지도 모른다고 생각해본다. 정기적으로 건강검진을 받으면 이 걱정의 빈도가 훨씬 줄어들지도 모르니 이점도 참고하고.

아, 그러고 보니 건강검진 받을 때가 되었는데…….

인생의 비밀

여기서 밝히겠다. 나는 몇 년 전에 혼자 인생의 비밀을 알아차렸다.

실은 이것은 비밀이 아니며, 누구나 다 알지만 외면하고 있는 사실일지도 모른다. 하지만 살아가면서 한 번도 이것에 대해 노골적으로 드러내어 말한 사람을 본 적이 없으니 이것은 암묵적인 비밀이라고 믿는다.

그 비밀은 바로 행복과 성공에 관한 것이다. 앗, 마치 베스트셀러 '시크릿'같은 도입부다.

아직 그리 긴 인생을 산 것은 아니지만 나는 많은 사람이 '행복해지기 위해 괴로워도 일을 하며' '성공하기 위해 힘들게 노력하는' 모습을 보고 살아왔다. TV에서도, 책에서도 성공과 행복을 위해 현재 힘든 일을 견디는 사람들의 이야기가 자주 나온다. 그 노력의 대가로 성공과 행복을 거머쥔 사람들의 모습도 트로피처럼 매체에 전시된다. 그리고 나 역시도 행복을 위해 현재의 고통을 견디고, 성공하기 위해 온종일 독서실에 앉아 편입 공부를 하며 참고 인내했던 기억이 난다.

참 다행히도 나는 운이 좋은 편이었다. 살면서 모든 노력이 보상받지는 않았으나, 그래도 몇몇 노력은 내가 바랐던 행복과 성공을 주었다. 내가 원하던 대로 4년제 대학에 편입했고, 바라던 대로 첫 출간 데뷔작은 내 예상보다 그럭저럭 잘 되었다. 꿈꾸던 대로 집에서 일하는 프리랜서 번역가도 되었다. 건물을 가진 건물주가 되는 꿈…… 은 아직 이루지 못했지만 이것은 짧은 기간에는 실현 가능성이 낮은 일이니 어쩔 수 없고 앞으로 노력해야 할 일이다. 아무튼 살면서 스스로 생각하기에 기쁜 성공을 몇 번 거두었다. 그러다 문득, 이런 생각을 하게 되었다.

'이 정도의 작은 성공은 분명 많은 사람이 거두었을 텐데 왜 아무도 자신이 성공했다고 하지 않는 거지?'

미스터리였다. 왜 아무도 자신이 성공했다고 말하지 않는 걸까? 생각해보니 사회에서의 성공은 변호사 시험에 합격하거나 건물을 몇 채 가지거나 금메달을 따거나 돈 걱정 없이 살아야만 성공이라고 쳐주는 거 같았다.

생각해보면 수험생이 '대학 입시에 실패했다'는 표현은 많이 들어봤어도 '대학 입시에 성공했다'는 표현은 많이 들어보질 못했다. 그냥 좋은 대학에 합격했다, 정도로 끝난다. 분명 성공했는데 말이다. 원하는 대학에 합격한 고3 학생이 "나 성공했어!!!"라고 기뻐하면, 이렇게 말하기도 한다. "지금부터 시작이야, 이제부터 사회에서 성공하기 위해 더 열심히 해야 한다" 맙소사. 이제 막 성공을 움켜쥐었는데 다시 성공을 위해 스타트 선을 끊으라니, 이렇게나 야박할 수가 있나.

애초에 우리 사회는 미국 영화에 나오는 대저택과 외

제차 몇 채, 건물 몇 채를 소유하고, 인격적으로도 훌륭한 성인군자가 되어야 성공으로 인정해 주는 거 같다.

하지만 과연 그렇게 되어도 "이제부터 시작이야, 이 자산들을 유지하기 위해 더 열심히 해야 해"라는 말을 안 들을까……? 대입에 성공하고, 승진에 성공하고, 취업에 성공하고. 분명 우리는 성공했다. 그런데 왜 성공을 인정해 주지 않는 걸까? 성공했는데! 행복하다고 해야지!

나는 사람들이 자신을 성공했다고 여기지 않는 이유가 행복과 관련이 있을지도 모른다고 생각했다. 그리고 이런 생각을 잊고 살던 어느 날, 우연히 기사를 하나 읽었다. 그 기사에는 승리의 기쁨에 대해 쓰여있었다. 김연아 같은 뛰어난 운동선수나 성공한 사람들의 이야기를 들어보면, 승리의 기쁨은 정말 한순간이라는 것이다.

김연아 선수는 이렇게 말하기도 했다. "선수 생활을 17~18년 했는데 그중 90%는 힘들었던 기억이에요. 우

승을 했거나 좋은 경기를 했을 때 기쁨이 크지만 그건 몇 퍼센트 되지 않아요."(LA 스페셜올림픽 글로벌 홍보대사 자격으로 참석해 대담한 인터뷰 중에서)

나는 처음에 이 기사를 읽고 꽤 충격을 받았다. 행복과 성공의 기쁨은 길어봤자 고작 며칠밖에 가지 않으며, 그 행복과 성공을 얻기 위한 인내와 고통의 시간이 훨씬 더 길다는 것이다. 게다가 큰 기쁨을 느끼는 순간은 일상에서 1~3%밖에 차지하지 않는다고 한다.[*]

사실 어렴풋이 알고 있었다. 내 인생에서 작은 성공을 이뤘을 때, 행복했지만 그 행복이 길지 않았다. 행복을 맛보고 며칠 뒤부터는 다시 평범한 일상이었고, 또 다른 행복과 성공을 향해 달려 나가야 했다. 묘했다. 분명 원하던 바를 이뤘는데 또 다른 목표를 세워서 또 달려가야 한다니. 인생에 막이 내린 것이 아니니 당연한 일이었지만, 나는 도대체 언제쯤 '행복하게 잘 살았습니다'

---

[*] 출처 - 이코노미스트 기사 [행복은 '강도'가 아니라 '빈도']
 https://jmagazine.joins.com/economist/view/332055 (2020. 11. 30)

라는 결말을 맞이할 수 있는 건지 궁금해졌다.

　그리고 비로소 깨달았다. '행복하게 잘 살았습니다'라는 결말은 내가 미래에 도달할 수 있는 것이 아니라 내가 현재 살아가야 하는 거 아닐까……?

　지금 당장은 괴롭고 힘들지만 나중에 행복한 삶이 아니라, 지금 행복한 삶을 살아가는 것이 더 효율적이지 않을까, 라는 생각이 든 것이다. 음, 뭔가 철학적인 거 같은데 그렇게 의미가 깊은 말은 아니니 깊게 생각하진 말길 바란다. 이 책의 저자는 그렇게 정교한 사람이 아니다. 그냥 미래의 행복만을 악착같이 추구하기 위해 현재를 괴롭게 사느니 현재의 행복에 더 집중하는 게 더 낫지 않겠느냐는 단순한 이야기다.

　아, 지금의 행복을 위해 돈을 흥청망청 쓰고 대책 없이 살라는 이야기는 절대 아니니 오해하지 말길 바란다. 그건 그냥 생각이 없는 거다.

　어쨌든 이런 생각을 하게 된 이후, 나는 현재의 행복에 관심을 두게 되었다. 현재의 행복을 찾는 일에 별다른 방법이 있는 건 아니었다. 일상에서 때때로 '행복하게 살고 있나?'라고 자신에게 물어보면 된다.

예를 들어, 짜파게티에 정말 맛있는 파김치를 한 입 먹으면서 '이것이 행복일까?'라고 자문해본다. 토요일 밤, 살찔까 봐 일주일 동안 참아왔던 치맥을 먹으며 좋아하는 드라마를 본다. 그리고는 '정말 행복하다'라고 감탄해본다. 갖고 싶었던 컵을 구매해 차를 따라 마시며 '내 안목은 역시 완벽해'라고 생각한다.

이런 생각들을 하면 대체로 고개를 끄덕이게 된다. 짜파게티를 먹을 땐 행복이 천 원짜리 짜파게티 한 봉지에 숨어있는 것을 느끼며, 치맥을 먹을 땐 일주일 동안 치맥을 참아온 인내의 성공을 느낀다. 갖고 싶었던 컵을 쓸 때는 자신의 탁월한 안목에 만족하며 시원한 커피를 마시는 행복을 느낀다.

이렇게 일상의 순간순간에 행복과 성공을 찾고 느끼다 보면 '인생 뭐 별거 있나' 싶을 때도 있다. 물론 빌딩을 몇 채 갖고 있거나 로또 1등에 당첨되거나 오래전에

사뒀다가 잊고 있었던 주식이 뉴스에 대서특필될 정도로 상한가를 치면 짜파게티와 파김치보다 100배쯤 더 행복할 거 같기는 하다. 그래도 짜파게티와 파김치도 엄연한 행복이라는 것을 짚고 넘어갔으면 좋겠다. 더 큰 행복만을 바라보다가 지금 자신이 누리고 있는 행복을 깨닫지도 못하고 지나쳐버리면 얼마나 아까운 일일까.

소중한 일상에 슬쩍슬쩍 숨어있는 행복을 숨은그림찾기처럼 찾아내다 보면, 그래도 자신의 인생이 생각보다 더 근사하다는 것을 눈치챌 수 있지 않을까.

세나북스의 라이프스타일 에세이 시리즈는

'자신의 라이프스타일을 사랑하는 사람들의 이야기'를

전합니다.

라이프스타일 에세이

우린 한낮에도 프리랜서를 꿈꾸지

초판 1쇄 인쇄 2021년 8월 21일

초판 1쇄 발행 2021년 8월 27일

지 은 이   박현아

펴 낸 이   최수진

펴 낸 곳   세나북스

제   작   넥스트 프린팅

출 판 등 록   2015년 2월 10일 제300-2015-10호

주   소   서울시 종로구 통일로 18길 9

홈 페 이 지   http://blog.naver.com/banny74

이 메 일   banny74@naver.com

전 화 번 호   02-737-6290

팩   스   02-6442-5438

I S B N   979-11-87316-90-9 03810